# 世界で一番『可愛い』雨宮さん、二番目は俺。

編乃肌
イラスト／桑島黎音

GCN文庫

大丈夫だ、俺は可愛い。
そして『可愛い』は最強だ。
「ちゃんと謝って
……くれますよね？」

畳み掛けるように、
にこりと微笑みをひとつ。

# 世界で一番『可愛い』雨宮さん、二番目は俺。

著：編乃肌
イラスト：桑島黎音

GCN文庫

# CONTENTS

# プロローグ　伝説のモデル『hikari』

女の子のトキメキをぎゅっと集めて煮詰めた、女性向け大手ファッションブランド『Candy in the Candy《キャンディ・イン・ザ・キャンディ》』。通称『アメアメ』。

若い女子たちから圧倒的な人気を誇る、そのブランドの専属モデル『hikari《ヒカリ》』といえば、今では名を知らぬ者がいないほどの有名人だ。

バランスの取れた肢体に、透けるような白い肌。

小さなお顔に、大きなパッチリお目め。

腰まで流れる特徴的な飴色の髪は、どんな髪型だろうと彼女を引き立て、その愛らしさを持ってあらゆるコーデを完璧に着こなす。

なによりも彼女は笑顔がすこぶる魅力的だ。

ぷっくりとした形のいい唇をゆるめ、にこりと微笑むだけで、冗談ではなく周囲は花が咲いたように明るくなってしまう。

伝説の始まりは、『アメアメ』の公式ＷＥＢサイトから。

新作の白を基調とした夏物ワンピースを着て、ひまわり畑を背景に全身図でアップされた『hikari』の写真に、見る者すべてが心奪われた。


【待って『アメアメ』の新しいモデルの子、誰あれ。むっちゃ可愛いんですけど！】

【天使がいた】

【『hikari』ちゃんヤバイ『hikari』ちゃんヤバイ『hikari』ちゃんヤバイ】

【速攻ファンサイト立ち上げることにしたから、拡散よろしく】

【同性の私でも惚れそう……肌キレイすぎない？　スタイルよすぎない？　笑顔まぶしすぎ！】

【これは世界史に残る美少女】


彼女の写真は瞬く間にSNSで拡散され、あっという間にトレンド一位。

問い合わせが殺到し、着ていたワンピースは秒で完売する異例の事態となった。

しかしながら『hikari』の素性は一切不明であり、公式サイトには簡素なプロフィールしか載っておらず、ブランド側も意図的に情報をセーブしている。

様々な憶測が飛び交ったが、謎は謎のまま。

そのミステリアスさがまた話題を呼んだのだ。

そんな彼女につけられた称号は——『世界一可愛い』女の子。

誰もが納得のいく称号だ。

彼女ほど可愛い人類は他にいないとまで、当時は騒がれたくらいだから。


——だからきっと、誰ひとりとして思うことすらしないだろう。


「あー……午後の体育の時間、面倒だな。弁当食べたら早退してぇ……」

昼休みを前にした私立高校の教室。

廊下側の後ろの席で頬杖をつきながら、やる気なさそうに欠伸《あくび》をこぼす男子高校生がひとり。

どこからとっても普通、平凡、これといって特徴なし。

クラスメイトにすら「そんな奴いたっけ？」と言われがちな、モブキャラで影の薄い『俺』が、あの『hikari』の正体だなんて……そんな残念極まりない事実。

きっと誰も思わないよな。

# 第一章　一番可愛いのは、俺。

「なああ！　お前らはさ、この学校の女子で誰が一番可愛いと思う？　ナンバーワンを決めようぜ！」

放課後の二年A組の教室に、そんなあけすけな提案が響く。

女子がすでに全員帰宅して、男子しかいないのをいいことに、クラス一のお調子者が脈絡もなく言い出したようだ。

残っていた男子勢の大半は「なんだなんだ」「面白そうだな」とすぐに乗り気になり、黒板の前に集まってわーわーと騒ぎ出す。

こういう話題って、なんやかんや盛り上がるんだよな。

ほら、ミスコンとかアイドルの総選挙とかさ。

「三年の嵐ケ丘《あらしがおか》先輩とかいいよなあ。清楚でおしとやかで……よしよしされたいお姉さんな感じ……」

「俺は一年の雲雀《ひばり》ちゃんかなー。知的でクールな氷の美少女！　無愛想で毒舌なところもアリよりのアリ」

「うちのクラスの雷架《らいか》もレベル高いぜ？　健康的な元気っ子でさ。ちょっとアホなところも愛嬌あるよな」

ああだこうだ言い合うクラスメイトたちを、俺は廊下側の後ろの席でぼんやりと見つめている。

飛び出す名前は、八割がたうちの学校の『三大美少女』だ。

彼女等は他校生からも人気があって、三者三様に魅力的だとは思う。

——だが俺にはどうしても、素直に彼女たちを『可愛い』と評価できない理由があった。

それは俺の目下一番の悩みにも直結する。

だからこういう話題が始まると、俺は自然と逃げの態勢に入ってしまう。

「あーあ、またアイツ等、くだらない話しているよ。女子たちにバレたら面倒なことになるのに。な、光輝《こうき》」

「おー」

小学校からの幼馴染みであり、親友の和泉御影《いずみみかげ》が、ふわふわの天パ頭を揺らして俺の席にやってきた。童話に出てくる王子様っぽいイケメン顔には、やれやれと呆れを浮かべている。

「光輝はこういう話題、苦手っていうか避けたいだろう？　巻き込まれる前にさっさと帰ろうぜ」

気心の知れた御影は、俺の悩みも事情も把握した上でそう促してくれた。

その気遣いを有難く受け取り、俺は帰り支度を始めたわけだが……。

「まあ確かにその三人は文句なしに可愛いし、ぶっちゃけカノジョになって欲しいけどさ。俺のタイプってhikariなんだよな」

「ばっか、この学校の女子って言ってんだろ！」

「hikariは規格外だ、全男子のタイプだわあんなの」

聞こえてきた『hikari』という単語に、俺は動かしていた手をピタリと止めた。

御影は「あちゃあ」という顔をしている。

hikariといえば、女性向けファッションブランド『Candy in the Candy』こと『アメアメ』の専属モデル。

『世界一可愛い』と謳《うた》われ、立てば芍薬《しゃくやく》、座れば牡丹《ぼたん》、歩く姿は百合の花。

ついでに一度笑えば、それらの花が同時に乱れ咲く。今や老若男女から支持を集めるスーパー美少女だ。

そんなhikariの正体は……なにを隠そうこの俺、晴間《はれま》光輝である。

「は？　なに地味男がバカなこと言ってんだ、hikariちゃんを貶すんじゃねえコラしばくぞ」

……と、過激なファンからお怒りを頂くこと不可避だが、残念ながら嘘でもなんでもなく純然たる事実だ。いや誠に残念ながら。

これには深いようで深くない訳があり、話は幼少期まで遡る。

§

実は『Candy in the Candy』は、俺の十個上の従姉妹《いとこ》である、美空《みそら》姉さんが立ち上げたブランドだ。

彼女は昔から服作りが趣味で、「キャンディみたいにカラフルで可愛い服を作って、いつかいろんな人に着てもらいたい！」が口癖だった。

姉さんはメイクやネイルなんかも、自分でするより人に施すのが大好きで、幼い俺はよく遊びの一環で女装させられたものだ。

なんでも姉さんいわく……。

「コウちゃんみたいな特徴のない地味なお顔って、化粧ひとつで文字通りめちゃくちゃ化けるのよねえ。まさに化粧映《ば》えする顔ってやつ？　地肌はキレイだし、素材はいいのよ。男の子にしては小柄な方だから、女の子の格好もバッチリ似合っちゃうし。あー、コウちゃん可愛いわ！　世界一！」

……だ、そうだ。

軽くディスられている気もするが、忙しい俺の両親に代わっていっぱい面倒を見てくれた姉さんに、幼い俺はかなり懐いていた。

彼女が楽しそうならそれでいいかと許容していたのだ。

この時は姉さんと両親に面白がって見せるくらいで、誰かに広がることもなかったし。

俺もわりと楽しんでいたし。

だがそんな女装も、中学にあがる頃には一度スッパリ卒業した。

姉さんも俺に強要したいわけではなく、俺だって思春期に突入して、それまでは抱いてもいなかった羞恥心が芽生えまして……。

しばらくは女装の『じょ』の字もない普通の生活を送っていた。

その生活に変化が訪れたのは、中二のとある休日。

家で三時のおやつのどら焼きを食べていた時だ。

「コウちゃんどうしようー!?」

「ぐえっ、姉さん潰れる！　圧死する！」

部屋に押し入ってきた美空姉さんは、俺に力いっぱい抱き着いて、豊満なボディを武器に殺そうとしてきた。

若き女社長となった彼女は、瀕死の俺に構わず叫んだ。

「新しい夏物ワンピースのモデルが決まらないの！　イメージに合う子が誰もいなくて！　もう決めないとヤバいのに！　ぜんぜん！　まったく！　決まら！　ない！　の！　詰んだ終わった死んだピャー！」

美人が台無しの鬼気迫る姿で、珍妙な悲鳴をあげて発狂した姉さん。

もとより姉さんは、仕事で行き詰まるとわざわざ俺のところに来て発狂する癖がある。中でもこれは相当ヤバいレベルだった。

今年の夏、売れ筋間違いなしの新作ワンピース。

『アメアメ』が自信を持ってお送りする一品。

それを着るのにふさわしいモデルがいないというのは、姉さんにとっては死活問題だ。

話題の人気モデルもタレントも、知名度抜群の女優もピンとこない。素人狙いで街角スカウトにも乗り出したが、収穫なしだったという。

「もう諦めて、いつもの専属モデルさんから選びなよ」

「その場しのぎは絶対いーや！」

とりあえず離れてもらい、俺は適当な意見を述べた……が、一刀両断。

こういう時一切の妥協を許さないところが、根っからのアーティスト気質な姉さんらしかった。

「今回のワンピースはね、究極の可愛さを求めて生み出した至高の一着なの。我がブランドの顔とも言える、世界一の可愛さを目指したの。だから着るモデルもね、世界一可愛いって呼べる女の子じゃないと……!?」

そこで姉さんの瞳が、ハッとして俺を捉えた。

「いや俺、女の子じゃありませんけど」という至極まっとうなツッコミは、かじっていたどら焼きのせいで口から出なかった。

姉さんに抱き着かれたせいで、あんこがはみ出た悲しいどら焼き……。

その時の俺は、よれよれのTシャツにハーフパンツ、床の上であぐらをかいた『どこにでもいる普通の男子中学生』そのものなわけだったが。

切羽詰まった姉さんの目には、かつての女装した『とびっきり可愛い俺』が映っていたらしい。

「ねえ、コウちゃん……よかったらなんだけどね？　ものは試しにそのワンピース、ちょこっと着てみない？」

……そして俺は、姉さんのお願いにはとことん弱かった。

久方ぶりの女装は、過去にやっていたお遊びの数倍は大掛かりだった。

姉さんの会社お抱えのメイクさんやスタイリストさんを呼んで、お遊びなんて一切なしのガチ態勢で挑んだのだ。

こんな地味な男が自社製品のモデルなんて、やる気が削がれそうなものだが、そこは皆さまもプロ。むしろ「腕の見せどころ！」とやる気を出し、俺はあれよあれよとされるがままだった。

そして、出来上がった自分を鏡で見て――激震が走る。

「やっべえ……超可愛くね？　俺」

鏡の中に立っていたのは、三六〇度どの角度から見ても完璧な美少女だった。

品のいい白のワンピースを身に纏い、腰まで伸びた飴色の髪を靡《なび》かせる『彼女』は、清廉さもあり、どこか儚さもあり、そこはかとなく色気もある。

総合して可愛い。

めっちゃ可愛い。

え？　嘘だろ、可愛い。

試しに笑ってみたらもう惚れた。付き合って欲しいし、なんなら結婚して欲しい。

残念ながら俺だったが。

余談だが、『hikari』の魅力のひとつとしてよく取り上げられる飴色の髪は、申し訳ないがウィッグだ。

透明感のある髪色は、これまで似合うモデルがいなかったのに、俺にはピタリとハマったらしい。ヘアメイク担当さんが感動していた。

以来、飴色のウィッグはhikariのチャームポイントとして必ずつけている。

とにもかくにも女装した俺に、姉さんもスタッフさんたちも大興奮だった。

「コウちゃん……いえ、『彼女』の晴れ舞台を撮るには、生半可なシチュエーションじゃダメよ！　予定していたスタジオは取り止《や》め、今すぐロケ地押さえて！　プレス担当にも連絡！　急いで！」

「社長、『彼女』の魅力を活かすにはこの撮影場所が……」

「打ち出し方としては、『彼女』はミステリアスに売った方がよいかと」

「カメラの準備も整いました！　『彼女』をすぐに収めましょう！」

一気に右へ左へ大忙し。

なお『プレス』とは、アパレル業界において広報活動を意味する言葉である。

異様なテンションで撮影は実行され、女装する前は不安しかなかった俺も、ロケ地のひまわり畑に着く頃には『成功』を確信していた。

むしろノリノリでポーズを決め、「それじゃあ俺の可愛さが伝えきれないんじゃないですかね?」なんて、生意気にもカメラマンさんに意見する始末だった。

こうして、スーパーミラクル美少女『hikari』の伝説は、幕を開けたのだ——。

§

「おい、光輝! 光輝コラ!」

「うわっ! うるさいし顔が近いぞ、御影」

懐かしい思い出こと、レジェンドの夜明けに想いを馳せていたら、御影の声で現実に引き戻される。

くそ、俺よりイケメンな顔を近付けるのはやめろ。

俺は女装すれば無敵だが、しなければただの典型的な陰キャなんだ。

「どうせまた、hikariへの賞賛を聞いて悦に入っていたんだろう？　その『自分可愛い最高モード』、そろそろどうにかした方がいいぞ」

「悦になんか入ってねえよ。（女装した）俺が世界で一番可愛いのはただの事実だろ」

「お前そういうところだぞ」

御影が「そんなんだからカノジョができないんだよ」と、溜息をつく。

――そう、俺の悩みとはずばりこれだ。

（女装した）俺が可愛いすぎて、他の女子を可愛いと思えないのだ。

どんな女の子を前にしても、最終的には「いや待て、やっぱり俺の方が可愛くね？」に落ち着いてしまうもはや病気。重症。不治の病。

しかし俺が思うに、『可愛い』とはなにも容姿のことだけではない。

上品な所作や愛らしい仕草、ふとした時に垣間見せる豊かな表情、見えない内面の輝きなども反映されて、トータルで『可愛い』は出来上がる。

内面に関してはまあ、中身が俺という揺るがない残念な真理があるので、そこはいったん置いといて。

hikariはそこも抜かりはない。

これは姉さんの完璧主義と、俺が無駄に凝り性なせいもあるのだが、上品な所作や愛らしい仕草は徹底的にマスター済みだ。自身の女子力を上げるために、料理や手芸などのスキルも一通り身につけた。

器用貧乏な質《たち》なので、そう難しいことではなかったのだ。

女の子の格好をすれば、自然とスイッチが入るようにも仕込まれている。

ふとした瞬間に「俺はいったいなにをしているんだ？」と我に返ることもあったが、もうここまで来れば正気に戻った方が負けである。

狂え。狂ったままでいろ。

「いい？　コウちゃん。モデルはね、写真に撮られる時だけ可愛ければいいというものではないの。普段の『〝可愛い〟への努力』が、一枚の写真に写し取られるのよ」

……とは、姉さんの金言だ。

つまりなにが言いたいかというと、俺の上がりに上がった『可愛い』のハードルのせいで、年頃の健全男子だというのに、ろくに女子にトキメクこともできない身体になってしまったのだった。

「このままだとな、光輝。お前の青春は間違いなく灰色だぞ」

「へっ、カノジョ持ちは言うことが違うな。この陽キャのリア充め」

「真面目に聞けって！　俺はお前を心配してんだよ、一生童貞でいいのか？」

「それは嫌だ！」

「だろう？」

だが御影のように、本当にカノジョなどできるのか。普段の俺なんて、女子に名前すらまともに覚えられていないぞ。

hikariは女性人気も高いから、そっちの知名度ならあるんだけどな。

『光輝』から一字取って姉さんがつけてくれたモデル名は、まさしく光の如き美少女な俺を体現していてぴったりだよな。

などと考えていたら、また御影にジロリと睨まれる。

「わ、わかってるって。俺だってまずは、この厄介な病気を治すべきだとは思っているんだよ。でもな、なかなか（女装した）俺以上に可愛いと思える子が……」

「きゃあ！」

そこで俺たちの会話を遮るように、近くで高い声が聞こえた。

床を見れば散らばるプリント。

俺の席のすぐ傍で、教室にいるはずのない女子が、大量のプリントに囲まれてずっこけている。

野暮ったい眼鏡を掛けた彼女は、クラスメイトの雨宮《あまみや》さんだ。

「大丈夫か？　拾うよ」

「え……は、晴間くん!?　い、いいよ、悪いから……！」

「いやいや、これはひとりじゃ大変だって」

俺は席から立って、しゃがんでプリントを拾う。御影も「みんなで拾えば早いよな」と俺に倣う。

雨宮さんは顔を赤くしたり青くしたりと忙しかったが、やがて「うう……」と呻いて手を動かした。

——雨宮雫《しずく》。

雑に切ったバランスの悪いセミロングの黒髪に、重すぎる長い前髪。今時なかなか見ない分厚い丸眼鏡。常に猫背で、どうしても暗い印象がつきまとう。

こうしてクラスにいても、黒板前の男子たちが誰一人として気付かないほど、地味で存在感のない雨宮さんは、俺と同類の日陰族の女の子だ。

いや、俺には御影という社交的な親友がいるぶん、まだクラスには馴染めているが、彼女はいつも独りである。

性格もこの通り気弱で、内向的なので仕方ないのかもしれないけど……。

「は、晴間くんって、親切……だよね」

「そうか？　大したことないよ」

このくらいで俺を親切だと評する彼女のことが、俺は嫌いではない。

俺の名前、ちゃんと呼んでくれているし。

他の女子の「原間《はらま》いる？」とか「晴野《はれの》だっけ？」とか「忘れた、とにかく『は行』の奴」とか、杜撰《ずさん》な感じより遙かにいいよ、うん。

それにさ、実は雨宮さんはけっこう……。

「はい、プリントこれで全部だよな」

「あ、ありがとう……」

集めた紙の束を手渡す。

もじもじと窺うように、上目遣いでお礼を言う彼女の肌は、近くで見ればキメ細やかだった。眼鏡から覗く瞳も、パッチリ二重で睫毛《まつげ》もビッシリだ。

うん……磨けばかなり光ると思うんだよなあ、雨宮さん。

姉さんに鍛えられた俺の審美眼がそう告げている。

まず眼鏡と髪型を変えれば、今の暗い印象をだいぶ払拭できると思う。

あとは自信のない態度を改めれば、この学校の三大美少女にだって負けないいんじゃないか？

そんな彼女が日陰者扱いなんて、なんとも勿体ない話だ。

まあそれでも、hikariより可愛いなんてことはないだろうけどな！

「というかさ、このプリントって、帰りのホームルームで城《シロ》センが言っていたやつだよね？　数をチェックして、職員室まで持ってきてくれってやつ。日直の仕事じゃなかったっけ。雨宮さん、今日の日直当番じゃないよな？」

城センは担任の城田《しろた》先生のあだ名。ことあるごとにまず生死を確認してしまう、ヨボヨボのおじいちゃん先生だ。

御影のもっともな疑問に、雨宮さんは小さな声で「た、頼まれたから……」とだけ答えた。

俺は「ああ、またか」と反射的に眉を寄せる。

『頼まれた』というのは語弊があり、断れない性格なのをいいことに、雨宮さんはよく日直やら委員会の仕事やらを押し付けられている。

しかもこの学校の日直、異様に仕事が多いんだよ。

プリントを届け終わったら、黒板を消したり、戸締まりをしたり、花瓶の水を替えたり、日誌を書いたり……あたりは基本。

中でも一番大変なのは旧校舎の掃除。

各クラスの日直に掃除場所が割り当てられ、放課後にやることが義務づけられているのだが、骨が折れるため生徒からは大変不評である。実施を決定した教頭に批判が集中したくらいだ。

同じ日陰族として仲間意識を俺が勝手に持っているせいか、雨宮さんがひとりで仕事をしていると気になるんだよな、いつも。

御影も顔を顰めて「よければ手伝おうか？」と申し出ている。

さすが、モテるイケメンはこういう申し出もスマートだ。

だがそれではダメだぞ、親友よ。

雨宮さんみたいなタイプは、そんなことを言われたら絶対に過剰なほど遠慮する。

案の定、彼女は激しく首を横に振った。

「も、申し訳ないよ！　私は大丈夫だから！　気を遣わせてごめんなさい……それに、あの……」

チラリと分厚い眼鏡越しに、俺に一瞬だけ視線が向く。

その意図を考える間もなく、雨宮さんはプリントを抱えたまま深々とお辞儀すると、教室の後ろのドアからそそくさと去っていった。

翻《ひるがえ》るチェックのプリーツスカートを見送って、御影が「うーん」と天パの頭を掻く。

「なんていうか、すごくいい子そうなのにな。いろいろと損している感じがするよな、雨宮さん」

「……だな」

「難儀だよなあ……おっ！　いつの間にか、あっちのディスカッションは決着がついたみたいだぞ」

見れば黒板前の集団は解散し、男子たちは各々帰り出していた。

聞こえてくる会話によると、『この学校の女子で誰が一番可愛いか問題』に関しては、『三大美少女は三人とも甲乙つけがたく同率一位』という結論に落ち着いたらしい。

あと『世界一可愛いのはやっぱりhikari』だと。

あれだけ盛り上がっていたわりに、なんじゃそりゃな結論だ。

（女装した）俺が世界一可愛いなんて当たり前すぎる。自然の摂理だろう。不参加だが無駄な議論だったぜ、まったく。

「さてと、それじゃあ俺らもそろそろ帰ろうか、光輝」

「あー……いや、やっぱり俺は残っていくわ。図書室に寄って課題していく」

「またか？　最近ちょいちょい残るよな」

肩にスクールバッグを掛けた御影が、爽やかフェイスに疑問符を浮かべている。

……すまない、図書室に寄って課題云々はぶっちゃけ嘘だ。

親友に嘘をつくのは心苦しいが、本当の理由は照れ臭さが勝って言えない。

「課題なんて家ですりゃいいのに」

「学校の方が捗《はかど》るんだよ！　ほら、連絡のひとつでも入れて、カノジョちゃんと一緒に下校しろって。上手く会えれば、下校デートできるかもだぞ」

「おお、それいいな」

嬉々として御影はスマホを取り出し、他校のカノジョにメッセを打ち込んでいる。すぐ連絡はついたようで、これからカノジョの学校まで迎えに行くらしい。ラブラブバカップルなんだよな、御影たち。

普通の青春が少し羨ましい。

俺も早くこの病気を治してくれる相手と、出会えたらいいんだけど。

「じゃあな、光輝」

「おう、またな。カノジョちゃんと仲良くしろよ」

「任せとけ」

惚気《のろけ》と共に御影が出て行けば、教室内には俺ひとり。

窓からは夕陽が差し込んでいて、机や椅子をじんわりオレンジ色に染め上げている。

「よし」

俺は気合いを入れて、カッターシャツの袖を捲り上げた。

季節は六月の上旬。

梅雨入り前だが天気は連日快晴で、気温もちょうどよく、腕を晒しても特に寒さは感じない。

こうしないと、チョークで袖が汚れるからな。

「まずは黒板を綺麗にするところからか」

急がなくては、雨宮さんが戻ってきてしまう。

黒板消しを手に取って、端から数式をゴシゴシ消していく。

……こうして、雨宮さんに押し付けられた仕事を、俺は時折コソコソ手伝っている。

始めたのは一ヶ月ほど前からだ。

深い意味はこれといってない。

きっかけも「こっそりなら手を貸せそうだな」と思ったからで、言ってしまえばただの自己満足。

俺は別にお人好しキャラでも世話焼きキャラでもないが、損な役回りばかり引き受けてしまう雨宮さんを、なんとなく放っておけなかったのである。

この行為において重要なポイントは、けっして『本人にバレない』こと。

雨宮さんが恐縮しないようにというのもあるが、なにより恥ずかしいだろう、こういうの。

御影にだって隠れてやっているのに、本人にバレたら『頼んでもいないのにキモい』と思われる可能性だってある。俺が雨宮さんだったらちょっと思う。

だからやる時は慎重に、だ。

雨宮さんはルーティンを守るから、必ず日直時は旧校舎の掃除を終了させてから教室の方に取り掛かる。職員室から旧校舎へ繋がる渡り廊下は近いし、今頃はプリントを届け終わってあちらの掃除をしているはず。

彼女が戻ってくる前に、黒板消しと戸締まり、あとは花瓶の水替えまでできたら上々だ。

「通りすがりの妖精の仕業だと思ってくれたら……いや、妖精はキツイか」

hikariなら妖精ってたとえも似合うんだが。

『天使』はよく言われるけど、『妖精』もけっこう言われる。『現代のフェアリー』とかな。

素の俺だと『学校の地縛霊』くらいが妥当か……。

実際のところ雨宮さんの認識は、教師とか校務員さんとかが、親切でやってくれたって辺りかな。

少なくとも、地味な同級生の俺がやったとは思わないはず。

それでいいのだ。

「……っと、なんだ、この忙しい時に」

スラックスに突っ込んだスマホが震えている。

確認すれば美空姉さんからのメッセージだった。

『コウちゃん、姉さんったらピンチなの！

hikariの相方候補、今のところ候補者なし。そろそろ決めたいよー！

コウちゃんの学校にイイ子いない？　タイプは問わないから可愛い子！

いたら紹介して！　勧誘して！　女装バレしても大丈夫な相手ならなおよし！

あと出張のお土産でコウちゃんの大好きなどら焼きを買ってきました。近いうちに届けるね。

御影くんにもよろしく！』

最後にはパチンッと、ウィンクしている絵文字つき。

ツッコミどころは多々あるが、まず俺は別にどら焼き好きでもなんでもない。嫌いでもないけど。

一度食べているところを見ただけで、美空姉さんは俺が極度のどら焼き好きだと信じているので、いつもお土産はどら焼きオンリーだ。そろそろ訂正して別のものが食べたい今日この頃。

とりあえず、頂き物は御影にも食わせることにして。

本題に関してだが……。

「hikariの相方候補なあ」

今でもご用命があれば、姉さんのブランドの専属モデルとしてちょいちょい活動を続けている俺だが、hikariが写真に写る時は必ずひとりだ。

それはひとえに、俺と並べる可愛い子がいないから。

「hikariの輝きが強すぎるんだ」……とは、お抱えカメラマンの田中《たなか》さんの発言だったか。眩しくてすまない。

しかし美空姉さんとしては、同じ服の色違いを着せたり、双子コーデとかシミラールックをさせたり、単純に可愛い女の子同士が絡んだりする写真も撮りたいらしい。片方男だが。

確かにそれは、hikari の新たな魅力発信にも有効な手だろう。

「俺の身近なら三大美少女か？　でもこう、なんか違うんだよなあ。女装バレしていいっていうのもムズい……まず俺の学校から候補を求めるあたり、姉さんがまた切羽詰まってきてんな……」

ブツブツと独り言をこぼしながらも手を動かし、黒板が綺麗になったところでパンパンと手を払う。

というか、あれだな。

hikari の相方になるってことは、つまり世界で二番目に可愛いってことだろう？

まさか俺と同率一位の可愛さを求めている……？

そんなの無理ゲーじゃね？

そう悟って、俺はこれについては考えるのを早々に止めた。

姉さんへの返信は後回しにさせてもらったが、本題は適当に流してどら焼きのお礼だけ返しておこう。そして今度こそどら焼き好きを否定しよう。

「よっしゃ、次は花瓶の水替えだな……ん？」

戸締まり確認は最後にして、教卓に置かれた花瓶に手を伸ばしたところだった。俺の机の足元付近に、なにかが落ちているのを発見する。

なんか落としたっけか？

心当たりがなく、首を傾げて拾いに行くと、それは淡いピンクの定期入れであった。俺の物ではない。

女性向けっぽいし……もしや、さっきここで転んだ雨宮さんの？

中身を勝手に見るのは気が引けるが、持ち主がわかる情報があると助かる。

「ちょっとだけ失礼するぞ……」

誰へともなくそう告げて、二つ折りの定期入れを開く。

左右にカードサイズの物を入れられるようで、片方は普通にバスの定期、もう片方には何者かが笑いかけてくる写真があったわけだが……。

「――俺じゃん」

『何者』ではない。

そこにいたのは、見間違いようもなく俺だった。

正確には女装した俺、つまりはhikariがその定期入れの中で微笑んでいた。

hikariの存在を世に知らしめるきっかけとなった、ひまわり畑を背景に白ワンピースを着て撮った写真。歴史に刻まれる伝説の一枚。

これは不定期発行されている『アメアメ』の公式雑誌で、付録としてブロマイド化された物のようだ。今見ても、その弾ける笑顔は真夏の太陽に負けず、『誰だこの超ド級の美少女!?　……あ、俺か』という茶番劇を脳内で繰り広げてしまう。

「雨宮さん、hikariのファンなのか……?」

そうだとしたら意外すぎる事実だ。

定期入れにブロマイドを入れるくらいだし、生粋《きっすい》のhikari好きと見た。

……ああ、いやでも、結局持ち主がわかる情報はなく、これが雨宮さんの物である確証もないわけで。

「どうすっかなあ」

職員室に届けるのが一番か?

悩んでいたら、そこでパタパタと近付いてくる足音が聞こえた。

ビクッと俺は盛大に肩を跳ねさせる。

まさか、雨宮さんがもう戻ってきた!?

「ちょ、えっ!　マジか!?　くそ……っ!」

焦った俺は取り急ぎ隠れられる場所を探す。

目についたのは、教室の後ろの片隅に立つ掃除用具入れだった。

「あそこだ!」

一も二もなく用具入れに飛び込む。

途中、定期入れは雨宮さんの机の上に置いてきた。彼女の物じゃなかったら、後で回収して担任に渡せばいいし、今はこの場をやり過ごすことが優先だ。

しかしながら、用具入れの中は狭いし臭いしホコリっぽいし最悪だった。

こんなところに身を潜めるのってさ、『美少女とふたりきりで密着!?』みたいなドキドキ展開でラブコメとかでよくあるけど、あれだな。

今の俺が密着しているのはボロいモップだし、ひとりで入ったらラブもコメもないからただただ死にたくなるだけだな。俺ひとりで美少女も兼任しているとはいえ、選択肢を間違った気がじわじわしてくる。

咄嗟《とっさ》の行動だったとはいえ、もっとなんとかならなかったのか俺の馬鹿野郎。

頼むから誰も来ないでくれ……!

だがその願いも虚しく、ガラガラと教室のドアが開けられてしまう。

ヒュッと心臓が竦み上がる。

通風口から辛うじて外を見れば、予想通り入ってきたのは雨宮さんだった。きょろきょろとなにかを捜しているっぽい。

くそ、体勢がキツいな……様子が見えにくい。

「あっ！」

雨宮さんが自分の席へと走り寄る。

彼女の席は教室の窓際の列で、移動してくれたおかげで、姿が俺の限られた視界にちょうど収まった。

彼女が手に取ったのは、あのピンクの定期入れ。

「よかった、あった……」

やはりあれは、雨宮さんの物で当たりだったようだ。

彼女はぎゅっと定期入れを胸に抱く。本当に大事なものだったようで、こちらも手元に戻ってよかったなとホッとする。

さあ、あとは速やかにいったん教室から出て行っておくれ。

俺もロッカーからそろそろ出たい。

そうしたら、花瓶の水替えだけを秒速でなんとか終わらせて、俺は何事もなかったかのように下校させてもらうからさ。

「あれ……黒板が綺麗になっている……もしかして、また……？」

あー……このタイミングで気付いちゃうか。

まあ気付くよな。

雨宮さんは黒板の方を見て、後ろ姿からでは表情はわからないが、なにかを考え込んでいるみたいだった。

それは人畜無害な妖精の仕業ですよー。

「なんか綺麗になっていてラッキー」くらいで済ませればいいんですよー。

だからそう、頼むから一刻も早く出て行ってくれ！

体勢が限界だ！

「やっぱり、これをやってくれたのって……あ、そ、そうだ！　中身！　中身を確かめなきゃ……！」

雨宮さんはあわあわしながら、急に定期入れを開いた。意識も『黒板を消した人物』から逸れてくれてそこはよかった。

念のため定期入れの中身は確認しておくべきだな。手早くよろしく。

「……うん、大丈夫」

問題はなかったようで、雨宮さんは安堵の息をついている。

そっと指先でなぞったのは、おそらくhikariの写真だろう。

角度が変わったことと、走ってきたせいで髪が乱れていることで、いつもは長い前髪で隠れた雨宮さんの顔が存外しっかり見える。眼鏡がちょっとズレているのも素顔が見えやすい。

そして彼女は口角を緩め、ふわりと微笑みながら言ったのだ。

「晴間くん」

……と。

は？

思わず口から間抜けな音が出かけた。

晴間くん。

晴間くんって言ったよな、今。

どうしてhikariの写真をなぞりながら、俺の名前が出てくるんだ？

いや、間違ってはいないんだけど。hikariは俺なんだけど。でも間違っているだろう、普段の俺はhikariだけどhikariじゃないじゃん、明らかに。

言い間違いか？

hikariとharemakunって言い間違えるか？

用具入れの中で俺は混乱の極みだ。

でもでもでも、待ってくれ。

そこも混乱しているのだが、それよりさらに今世紀最大とも言える衝撃が、俺の内部で暴れ狂っている。

——初めて見た、雨宮さんの笑顔。

それがもう、一瞬のことだったのに目に焼き付いて離れない。

さながら脳内はパレード状態。

高らかなトランペットのファンファーレが鳴り響き、ドクドクと心臓が脈打って、外に血液ごと漏れだすんじゃないかというほどだ。

こんな状態になったのは過去にもあった。

そう、hikari誕生の瞬間を鏡で見た時以来だ。

……ああ、違う。

この動悸の激しさはあの時以上かもしれない。

雨宮さんの笑顔に対して、言葉で表したいことはいっぱいあるのに、感情が追い付かなくてろくな言葉が出てこない。

ほら、よくヲタクがさ、好きなアイドルやキャラに『尊い』とか『しんどい』とか使うじゃん？

俺も今たぶん、そんな感じ。

ああいう言葉って便利だったんだな。この胸の奥で蔓延《はびこ》る熱を吐き出すには、そういうシンプルな単語にまとめた方がわかりやすい。

俺の場合、雨宮さんへ送る単語があるとすれば……。

「掃除、戻ってがんばろう」

雨宮さんは定期入れを閉じてスカートのポケットに仕舞うと、自分を鼓舞するようにそう呟いた。まるでhikariの写真に励まされたみたいに。

そのまま、彼女は急ぎ足で教室を後にする。

まだ旧校舎掃除の最中だったのだろう。

真面目な彼女は押し付けられた仕事でも手を抜かない。それは真面目といえば聞こえはいいが、要領が悪いとも言える。でもそんなところも……うん。

彼女の足音が消えてから、俺は用具入れから出て、ズルリとしゃがみ込んだ。

ホコリが辺り一帯に舞う中、ありったけの想いを込めて一言。

「可愛い」

——この日、おそらく俺は人生で初めて、（女装した）自分以外の女の子に、その単語を使ったのだった。

# Side A　雨宮さんの真相

私……雨宮雫は、あまり自分のことが好きではない。

自己主張できない気弱で内気な性格も、パッとしない地味な容姿も、全部。

特に容姿に対する自信のなさはひどい。

もともと、シングルマザーで家計を支える母に代わって、下の子たちの面倒を見たり家事をしたりと忙しく、昔から見た目に関しては怠けて気を遣ってこなかった。鏡もろくに見ていないかもしれない。

加えて……中学時代にトラウマになる出来事もあり、私は自分の顔がすごく嫌いになった。

高校生になってもそれは変わらず、長い前髪と眼鏡で顔を隠し、俯いて孤独に過ごす毎日。

本当は視力は悪くないんだけど、眼鏡を取って見る世界も怖かった。いつもなにかに怯えて生きているなあって感じる。

——そんな自分を変えたいのに、変われない自分も嫌いだった。

「雨宮さん、ごめんね。私これから、カレシと放課後デートの予定でさ。日直なんてしていたら遅れちゃうの！　悪いんだけど、代わりにやっといてくれないかな？」

「う、うん……いいよ」

「やった、ありがとう！」

私もこの後、スーパーのタイムセールがあって行きたかったんだけど……頼まれたら断り辛く、今日もまた仕事を引き受けてしまった。

茜色に染まり始めた教室。

去っていくクラスメイトの女の子を、虚しい気持ちで見送る。

彼女の時間を掛けて編み込んだっぽい髪型に、うっすら施したお化粧は、カレシさんとのデートのためだよね。私には真似できない。

卵の安売りは諦めなきゃな……。

落ち込んでいても仕方ないので、日直の仕事を始めることにする。

集めたプリントのチェックを、窓際の席でひっそりと。

知らぬ間に教室内は男子だけになっていたけど、影の薄い私は存在すら誰にも気付かれていなかった。

「なあなあ！　お前らはさ、この学校の女子で誰が一番可愛いと思う？　ナンバーワンを決めようぜ！」

男子たちは黒板の前に集まって、そんな話題で議論し始めている。

名前が挙がるのは、本当に可愛い子達ばかりだ。

私には関係ない遠い世界の話。

……ああ、でも。

そっと、廊下側の席に座る男の子を盗み見る。

晴間くんは……どんな女の子のことを『可愛い』って思うんだろう。

クラスメイトの晴間光輝くんは、ちょっと不思議な人だ。

私と同じで、決してクラスで目立つタイプではないけど、イケメンで人気者な和泉御影くんと一番仲がいい。

キラキラした人の隣にいると、私みたいな地味なヤツは霞んじゃうものなんだけど、晴間くんは違う。

和泉くんと並んでも、晴間くんは目立たないわりに自然とそこにいるというか……。

なんだったら、時々晴間くんの方がキラキラして見えるから、やっぱり不思議。

これって私だけなのかな？

そんな彼は、何故か私をよく気にかけてくれていて……私の引き受けた仕事を、こっそり手伝ってくれている。

最初はわからなかったけど、薄々「そうかな？」って。

実は一度、私が美化委員の子から頼まれた花壇の水やり、晴間くんがやってくれているところを目撃したこともあるの。

優しい人、なんだと思う。

できればちゃんとお礼を言いたい。

でも晴間くん本人は、お手伝いしてくれていることを隠したいみたいだから、私も精一杯知らないフリをする。彼に話しかける勇気がないのもある。

いつか、恩返しできるかな？

それで、その……仲良くなれたらいいな、うん。晴間くんといろんなこと、たくさん話をしてみたい。

そんなふうに思っていた矢先だ。

「はい、プリントこれで全部だよな」

「あ、ありがとう……」

私がドジってバラまいたプリントを、晴間くんたちに拾ってもらってしまった。恩返しどころか、また迷惑をかけたことに自己嫌悪に陥る。

うう、穴があったら入りたいよ……。

しかもプリントを晴間くんから受け取る時、ちょ、ちょこっとだけ、指先が彼の手に触れちゃった！

私の動揺、伝わっていませんように。

内なる私がゴロゴロ転げ回っていたら、和泉くんが日直の手伝いを申し出てくれたけど、申し訳なくて辞退した。晴間くんの反応が気になってつい見ちゃったけど、変に思われていないといいいな。

それからプリントを職員室に届けて、私は旧校舎の掃除に取り掛かる。

窓ガラスを拭き終わったところで、大変なことに気付いた。

「定期入れがない……！」

ウソ、どうしよう。

スカートのポケットに入れておいたはずなのに、いくら漁っても見つからない。慌てて記憶を辿れば、心当たりがひとつ。

きっと転んでプリントをバラまいた時に落としちゃったんだ。

もちろん、定期自体を失くしても困るけど、あれには私のお守り代わりのブロマイドも入っている。

一刻も早く捜したくて、掃除を中断して走って教室に戻った。

「あっ!」

ピンクの定期入れは誰かが拾っておいてくれたのか、教室の私の机の上にポツンと置かれていた。

なんで私のってわかったんだろう?

ううん、見つかったならなんでもいい。

「よかった……」

ぎゅっと定期入れを胸に抱く。

今度から落とさないように気を付けなくちゃと反省していたら、ふと黒板が目に留まった。

「あれ……黒板が綺麗になってる……もしかして、また……? やっぱり、これをやってくれたのって……」

晴間くん、かな?

そうだとしたら、ごめんなさいだけど嬉しい。

晴間くんは本当に優しくて不思議な人。

こんなこと誰にも言えないけど、彼はほんのちょっぴり……hikariさんに似ているなと思う。

晴間くんは男の子なのに、世界一可愛い美少女のhikariさんに似ているなんておかしいよね。自分でもおかしいってわかっている。

でもなんだろう。雰囲気かな？

似ているの。

——hikariさんは私の憧れ。

そうなりたいなんて、身の程知らずもいいところだけど、堂々と自信にあふれて笑う写真の中の彼女に、私は一目見た時から強い羨望を抱いた。

昔読んだ絵本の中のお姫様よりも、何倍も何倍も輝いている人。

すっかり私は彼女の虜《とりこ》になった。

お金がないから、すべての関連雑誌や彼女の着ていたものと同じ服なんて買えないけど、可能な限り追いかけてはいる。

現に、hikariさんが世に出るきっかけになったひまわり畑のブロマイドは、発売日には即完売となった公式雑誌をなんとか入手して、定期入れにお守りとして入れた。

辛い時に見ると元気をもらえるの。

「あ、そ、そうだ！　中身！　中身を確かめなきゃ……！」

そこで私は、定期入れの中身を確認していないことを思い出した。開いてみて「……うん、大丈夫」と胸を撫で下ろす。

眩しい hikari さんの笑顔を指先でそっとなぞる。

どこからどう見ても完璧な女の子なのに、やっぱり重なるのは、いつも教室で眠そうにしている晴間くんの姿だ。

こっそり彼のことをよく見つめているせいで、hikari さんと重なるのかな？

私は hikari さんの写真を前に、小さく笑いながら彼の名前を呟いた。


「晴間くん」


こんな私だけど、いつかあなたに、『可愛い』って思ってもらえる女の子になりたいな。

そうしたら、きっと仲良くなれるのに。

まだまだ夢物語、だけど。

# 第二章　まさかの正体バレ

「ちょっと、あたしの話はちゃんと聞いているのかな？　光輝くん！」

「……あ、すんません！　ぼうっとしていました」

完全に意識が飛んでいたので、俺は掛けられた声にハッとして謝った。そうしたら「動かないで！」と即座に怒られる。

簡易式の化粧台でメイク中だったことを思い出し、再度謝罪する破目に……。

ここはロケバスの中。

本日は日曜日で、俺はhikariのお仕事として、近隣の自然公園に撮影に来ているところだ。

「あたしの貴重なビューティートークを聞かないで、いったい何を考えていたのかな？　悩み事ならおねえさんに話してごらん」

パイプ椅子に座る俺の傍で、メイク道具を構えているのは、ヘアメイクアップアーティストのココロさん。

一四五センチのミニマム体型に、金髪を真っ赤なリボンで結んだサイドテール。メイクの力もあってか凄まじい童顔で、『おねえさん』なんて自称しているけど、外見はファンキーな小学生女児にしか見えない。

これで三十、もしくは四十代だったか。

会う度に年齢不詳感が増している。

美容業界は歳を取らない妖怪が多いと聞くが、ココロさんも間違いなく妖怪の部類に入るだろう。

そんな彼女の腕は確かで、俺が完璧なhikariになるには欠かせない存在だ。

「悩みってほどじゃないんですけど……実は、学校で気になる女の子がいて」

「えー！　うそうそ、まさかの自意識過剰系自分大好き女装男子の光輝くんが、自分以外で気になる女の子!?　これは予想外！」

「ひどい言われようッスね！　否定はしないですけど！」

だから俺だって動揺しているんだ。

――俺が考えていたのは、三日前に不意打ちで笑顔を見てしまった雨宮さんのこと。

あれから彼女の笑顔が頭から離れず、寝ても覚めても思い浮かべてしまう。

これはたぶん、初めて自分以外に『可愛い』と思える女の子がいたという、衝撃が尾を引いている故だろう。

ただただ、可愛かった。

今思い出しても心底可愛かった。

あの笑顔は新聞の一面を飾れる、マジで。

「……というわけで、雨宮さんパネェ可愛いんス」

雨宮さんのことを掻《か》い摘んでココロさんに説明すれば、ココロさんはリップライナーをくるくると指先で回しながら、「んー」と唇を尖らせる。

「それってさあ……世間的には、なんていう感情か知っている？」

「え、なんですか。教えてください」

「その分だとお相手の子も絶対……なんだけど、そもそも光輝くんは、ある意味 hikari のせいでそのへんの情緒が死んでいるからなあ。おねえさんから答えは出さないでおくよ。がんばれ、青少年」

「hikari のせい……？」

ココロさんの言うことはちっとも理解できなかったが、hikari の名前で連鎖的に思い出したのは、雨宮さんが hikari の写真をなぞりながら俺の名前を呼んだ件だ。

あの後の笑顔のインパクトが強すぎて、正直あっちの件は記憶があやふやである。

よって、やっぱり聞き間違いということで処理した。

正体バレなんてことはさすがにないだろうし、そうなれば空耳だったというのが妥当だろう。

「けどさ、光輝くんが可愛いと思う子なんて、hikariの相方候補にぴったりなんじゃない？　社長には言ったの？」

社長とは美空姉さんのことだ。

姉さんにはまだ雨宮さんのことは伝えていない。

絶対に「今すぐ会わせて！」と迫ってくるに違いないし、発狂モードの姉さんだと予測不可能な動きをする時がある。あの姉さんはほとんど珍獣だ。先走った行動は危険である。

「話したのはココロさんだけですし、姉さんにはしばらく秘密にしておいてください」

「やだ！　それってあたしと光輝くん、ふたりだけの秘密ってこと？」

「そうなりますね」

「響きが若い、あまずっぱーい！」

きゃっきゃとはしゃぐココロさんは、そのまま小学生女児だ。

さすが業界では『合法ロリ妖怪』と囁かれるだけはある。本人はこの呼び名を聞くと怒るが。

そんな雑談も間に挟みつつ、スタイリストさんも交えてhikariの準備は着々と整い、撮影自体も滞りなく進んでいった。

今日は秋物ファッションの撮影で、どうしても季節を先取りするため服は暑かったが、これはまだマシな方。

真冬の寒空の下でノースリーブ一枚なこともあった。暑かろうが寒かろうが、カメラを向けられたら笑うのがモデルとしてのプロ根性だ。

「そこで笑顔！　腰に手を添えるポーズを一枚！」

「いいねいいね、今日も可愛いよ！　hikariちゃん！」

「さすが世界一の美少女！」

「よっ、ナンバーワンバズりモデル！」

シャッターと共にスタッフさんたちにも褒めそやされ、いつだってhikariに死角はない。

スタッフさんたちは俺が男だとわかっているはずなのに、撮影になるとしっかり『美少女モデル』扱いになるんだよな……こっちもプロ根性か。

「hikariちゃん、次の撮影が始まるまで少し休憩挟もうか。服を着替えたらそのへん散歩してきてもいいよ」

「あ、じゃあそうします」

カメラアシスタントさんにそう言われ、俺はメイクやウィッグはそのままに、帽子とジャンパーを借りて公園内を回ることにした。

緑あふれる迷路のような園内は、天気のいい休日ともあって人気《ひとけ》が多い。

撮影で使われなかった場所も気になっていたので、俺は飴色の長い髪を翻しながら、木漏れ日の中を悠々と歩く。

帽子を深く被った状態では、俺がhikariだと気付く者もいないだろう。男に戻ったらそんな心配はいらないのだが、hikariの魔法を解くにはまだ仕事が残っているしな。

「へー、移動販売とかもやってんだな」

広場のようなところに出れば、キッチンカーの前に数人の行列ができているのを見つけた。

けっこう賑わってんな。

なんの店だろう……と近付けば、蛍光ピンクの看板の文字は『生どら焼き専門店』。俺はどら焼きに呪われているのか？

どら焼きは見るだけでも勘弁願いたい。

「……ん？」

早いけどもう休憩から戻ろうかと踵を返しかけたところで、ピタリと動きを止める。

「あれって……雨宮さん、だよな？」

帽子の下からじっと目を凝らしてみる。

噂をすればなんとやら。

神様のイタズラ的な偶然だが、行列の中でそわそわしながら並んでいたのは、私服姿の雨宮さんだった。

周りに連れらしき人影はおらず、雨宮さんはひとりのようだ。

そんな彼女の私服姿は……こんなことを思うのは心苦しいけど、女装だろうとモデルという職業柄、どうしても判定が厳しくなってしまうから率直な意見を許して欲しい。

ちょっとあり得ないほどダサかった。

長くて重い前髪や、分厚い丸眼鏡はいつも通り。

トップスのサマーセーターは地味な黄土色で、ぶかぶかのよれよれ。真ん中に貼ってあるワッペンもなんだあれ……豚？　鹿？　ハムスター？　それらのキメラか。不気味な生物がニヒルに笑っていて怖い。

ロングスカートも重いダークトーンのマーブル模様で、広がり方のシルエットがもっさりしている。

そもそもロングスカートは取り扱いの難しいアイテムであり、着こなしひとつで事故率が高くなる。雨宮さんのは申し訳ないが大事故だった。

斜め掛けのカバンも、家庭科の授業で失敗したみたいなやつだし……。

総合してとてつもなくダサい。

ダサいのだが！

「やっぱり可愛いんだよなあ……こう、トータルな部分でさあ……！」

俺は小声で呻くようにこぼす。

hikariとしての俺は「なんじゃあのファッション!?」と嘆いているが、素の晴間光輝としての俺は、やはり雨宮さんに対して『可愛い』という感想しか抱けなかった。

だってさ、どら焼き待ちの間、ずっとそわそわしてんの。

俺なんかより余程どら焼きが好きみたいで、そのためにわざわざこの公園に来たのかってくらい、楽しみなのが丸わかり。周囲に咲く花が見える。

教室での様子を見ていても感じるけど、基本的に性格が素直なんだよな、雨宮さん。可愛い。

しかもメニューボードを見て、予算と打ち合わせをしているのか何度もガマ口財布を開け閉めしているんだよ。

財布が変な柄の刺繍《ししゅう》入りでも、そのいじらしい動作がいい。可愛い。

あ、後ろに並んでいた母子に、せっかく回ってきた順番譲った。まだ幼い男の子が待ちすぎてぐずったのか。

謝る母親に対して、「気にしないでいいですよ」といったふうに両手を顔の前で振っている。知っていたけどすげぇイイ子。可愛い。

「ダメだ、可愛いが止まらない……！」

少し行列から離れたところで、雨宮さんのことをついつい目で追ってしまっているが、俺の思考回路はだいぶイカれ気味だ。

ようやく待望のどら焼きを受け取って、嬉しそうに口元を緩める雨宮さん。

可愛い以外のなにがある？

ねぇだろ！

なんか格好もだんだん可愛く見えて……はこないな、やはりそこはダサい。ファッションに携わる者として認められない、悲しいかな。

だが雨宮さんは元が可愛いからこそ、「もっと可愛くなれるはずだ！」と心の hikari が叫んでいる。

「い、いかんいかん」

ぶんぶんと、俺は切り替えるように首を横に振った。

暴走したら手がつけられないのは、なにも姉さんだけでなく俺もだったらしい。知らなかった、新発見だ。俺の成長過程には姉さんがいるから似るのは仕方ないが。

この後の仕事に支障をきたしそうなので、もういい加減に立ち去ろう。

最後に、雨宮さんをもう一目だけ見てから……。

ドンッ！

「きゃっ！」

「……あ？」

唐突に響いた激しい音に、雨宮さんの小さな悲鳴。

それに被さるように放たれる、低い男の声。

見れば雨宮さんは地面に尻餅をつき、どら焼きは無惨《むざん》にも落下していた。

雨宮さんだけしか見えていなかった俺は、一瞬なにが起こったのかわからなかったが、遅れて理解する。

バーガー袋に入ったどら焼きを大事そうに持ち、雨宮さんがキッチンカーの前から退いたところで、行列を突っ切ろうとした如何《いか》にもＤＱＮな男にぶつかってしまったのだ。

「んだよ、痛てえな」

「なあに、せっかくふたりで動画を見てたのにぃ」

男はカノジョ連れで、大学生くらいのカップルか。スマホを片手に顔を歪める男は、プリンヘアーにこれでもかと開けたピアス。そんな男の片腕に自分の両腕を絡める女は、ずいぶんと露出の高い格好をしている。人を見た目で判断できる立場ではないが（俺だって偽りだらけの女装男子だから）、言動も含めてガラはよくなさそうだ。

ぶつかったのだって、男が歩きスマホをして、女が一緒に画面を覗いていたからのようだし。

それなのにチャラ男は謝罪するどころか、まだ尻餅をついたままの雨宮さんを一瞥《いちべつ》して「チッ」と舌打ち。加えて信じられないことに、足先に転がるどら焼きをためらいなく踏ん付けたのだ。

「邪魔なんだよ、地味女」

トドメに暴言。

女も「あはは、ひどーい」なんて笑っている。

イキリDQNカップルの所業に、目撃した人たちは一様に眉を寄せ、近くにいた何人かは「大丈夫？」「立てるかい？」と雨宮さんに寄り添ってくれていた。もう食べられないどら焼きを拾ってくれた人もいる。

だが、歩き出すカップルを咎めようとする者は誰もいない。

……俺はといえば、かつてないほどの怒りに、わなわなと震えていた。

冷静さなんて保てるわけないだろう。

ただでさえ俺の感情は、雨宮さんを前にすると緩急の激しいジェットコースターみたいになるんだ。これも新発見。今日は発見が多いな。

最終的に俺の理性を消滅させたのは、暴言を吐かれた時の雨宮さんの表情。

ズレた眼鏡の奥の瞳は涙が張り、今にも泣きそうな顔をしていた。

プツンっ――と、それを目にした瞬間に俺はキレた。

都合よく今の俺はhikari仕様だ。

『世界一可愛い』美少女がキレたらどうなるか、身をもってDQNカップル、特に雨宮さんを傷つけたチャラ男に思い知らせてやるからな。

「――そこのおふたり、止まってください」

ここは通さんと言わんばかりに、俺はカップルの前に立ちはだかった。

帽子はまだ被ったまま。

服装はスタッフさんから借りた黒無地のジャンパーに、男女どちらもイケる自前のジーンズだが、hikariスイッチが入って立ち振舞いは女の子そのものだ。

大丈夫だ、俺は可愛い。

そして『可愛い』は最強だ。

「誰だよお前」

「なあに、この女」

「……前を見ずにぶつかってきたのはあなたたちですよね？　ぶつかった子に謝罪してください。暴言を吐いたことに対しても謝ってもらいます。それから、あなたの踏んだどら焼きも弁償してくれますか」

詰め寄る声もワントーン高めに。

hikariは写真を通しての活動のみで、動画デビューなどはしていない。だけど、俺の正体を知らない関係者に挨拶することもあるので、自然な女声の出し方だって姉さんと特訓済みである。

「はあ？　なんで俺が謝らなきゃいけねぇんだよ！」

逆ギレをかますチャラ男。

カップルは揃って「不愉快だ」という顔をするが、不愉快なのはこっちだからな馬鹿野郎。

周囲の人に支えられて立ち上がった雨宮さんは、闘志むき出しの見知らぬ少女（俺）をハラハラと見ている。

あまり騒ぎになると俺も困るし、ここは手早く済ませてしまおう。

ぐっと、俺は大きく一歩踏み出して、カップルのチャラ男の方に顔を近付けた。

帽子を取れば自慢の飴色の髪（ウィッグだが）が風に靡く。

「へ……」

チャラ男は露になった俺の顔に、間抜けにもポカンと口を開けた。

俺はそんなチャラ男の顔を至近距離でじっと見つめる。上目遣いは角度が大事。美空姉さん式可愛い分野のテストに出るからな。

きゅっと、相手の服の裾をわざと握ってみせる。

それから爪先を立てて背伸びし、あざとく耳元で囁いた。

「ちゃんと謝って……くれますよね？」

畳み掛けるように、にこりと微笑みをひとつ。

『世界史に残る美少女』とまで謳われた、俺の必殺スマイルをまともに食らったチャラ男は、あっという間に骨抜き。見事に全身茹でダコのようになり、「は、はい……」と情けない返事をした。

――フッ、他愛もない。

並大抵の男では、hikariの本気の可愛さに太刀打ちなどできるはずがないのだ。こちとら『可愛い』のエスキスパートだぞ。

必殺スマイルは男性スタッフさんにも試したことがあるのだが、「相手が心肺停止になるから無闇に使用禁止。死人が出る」と注意された禁断の技でもある。

ほらな、可愛いは最強だろう？

「はい、謝罪」

「も、申し訳ありませんでした！」

「私にじゃないですよね？」

再度、チャラ男を雨宮さんの前まで連れていって頭を下げさせる。

雨宮さんはわたわたと慌てたが「も、もういいですよ。怪我もありませんでしたし……」とやんわり許していた。

なんて優しいんだ。

女神か？

慌てる様子も可愛い。

チャラ男も雨宮さんの心の広さに感化されてか、今度は自ら進んで「お詫びに……」と、なにやら紙ペラを雨宮さんに渡していた。

こっそり覗けば、最近街中にできたばかりのスイーツ店のロゴ。

そこのスイーツ食べ放題のペア無料ご招待券だった。

目玉で『幻のどら焼き』とやらまであるらしい。なんだ、今ってどら焼きが空前絶後のブームなのか？　俺が知らないだけ？

「う、受け取れませんよ！　そんな貴重な招待券……！」

恐れ多いと遠慮する雨宮さん。

『幻のどら焼き』はすべてのどら焼き好きの憧れらしい。

やはり俺がブームに乗り遅れている……？

だが最終的には「俺も反省の意思を示したいんだ！　だから！」と、チャラ男の押しに負けて、券をおずおずと受け取っていた。俺的にはチャラ男の心変わりにちょっと引きつつも、このくらいのお詫びは当然かなと。

招待券の貴重さは俺にはわからないが、迷惑料も含めたら安いくらいだろう。

これにて一件落着……と思いきや、そこで「ちょっと！」と声をあげたのは、展開に置いてかれていたチャラ男のカノジョである。

キッと、カノジョが睨む矛先はチャラ男だ。

「さっきからなんなの、他の女に鼻の下伸ばして！　この浮気者！」

「違っ！　い、いや、これはその……」

「あんたっていつもそうよね！　この前だって、私の友達とふたりで歩いているところ見たんだから！　スイーツ店の招待券も私は誘われてないわよ！　誰と行くつもりだったわけ!?」

「ま、真由子《まゆこ》のことなら誤解だ！」

「……私が言ったのは恵美《えみ》のことなんだけど」

「ヤベッ」

なんか修羅場が始まった。

これは俺のせい……じゃないよな？

「クソ女タラシが！　あんこに溺れてくたばれ！」

彼女は強烈な捨て台詞を吐いて、ヒールを鳴らして去っていく。墓穴を掘ったチャラ男は、「俺にはお前だけだって！」と必死に追いかけていった。

弁明には時間が掛かりそうとみた。

うん、がんばれ。

「それじゃあ、私もこれで……」

詫びを入れさせることには成功したし、hikariの出番は終わりだと、俺もそそくさと撤退しようとする。

しかし、ワッ！　と拍手が起こり、俺は様子を見守っていた人々の輪に囲まれてしまった。

「すごい、女の子なのに勇敢でした！　カッコいい！」

「スカッとしたー」

「アイツらのこと、注意できなくてごめんね。ぶつかられた子も無事でよかったよ」

「しかも君、めちゃくちゃ可愛いよね！　芸能人？　超美少女じゃん」

「写真いいですか？」

「というかさ、hikariに似てない？」

「思った！　hikariそっくり！」

大正解なコメントにギクリとする。

俺は冷や汗をかきながらも「アハハ、hikariに似てるってよく言われますけど、私はあんなに可愛くないですよー。あ、写真はＮＧでーす。絶対に止めてくださーい」とかわして人混みを抜けていく。

スマホを構えている奴がいないかも念のためチェック。

……よし、写真は撮られてなさそうだな。

こういう事態はなにも初めてではないので、対応は慣れたものだ。

囲いから脱出した俺は、人気《ひとけ》のないところまで小走りで逃げる。木陰でさっと帽子を被り直したら、あとは何事もなかったかのように撮影場所に戻る手筈……だったのだが。

「あ、あの！　待ってください！」

競歩並みの速さで歩く俺の後ろから、雨宮さんがついてきてしまっていた。

必死な姿は心苦しいが……。

ごめんな、止まるわけにはいかないんだ。

「もっとちゃんとお礼をさせてください！　え、えっと、hikariさんですよねっ？　モデルの！」

「いいえ、人違いです」

「でも、あの……」

「人違いです」

「けど」

「人違いです」

止まるな。

止まってはいけない。

そう言い聞かせていたというのに。

「ま、待って――ひゃっ！」

大きく踏み出したところで勢い余り、石に蹴躓《けつまず》いた雨宮さん。転ばず踏み止まりはしたものの、バッグからガマ口財布が飛び出し、パカッと開いて小銭が地面に散らばってしまった。

雨宮さんってドジっ子なところあるよな……可愛いけど、ちょっと、いやかなり心配だ。可愛いけど。

そしてこのシチュエーションは、教室で起きた出来事を思い起こさせた。大量のプリントを拾ったあれだ。

だから俺は立ち止まって振り返り、こう口にしていた。

「大丈夫か？　拾うよ」

屈んで一円玉をつまみ上げたところで、遅れて気付く。

おいおい今、俺って素じゃなかったか？

女声も作ってなかったぞヤバい。

「え、あ……へ？」

雨宮さんは俺をじっと見つめ、眼鏡越しの瞳をパチクリさせている。

そんな見つめられると照れるぜ……じゃない！

「こ、これでお金は全部だよね！　念のために確認して！　今日は災難だったわよね、それじゃあ！」

俺は神速で小銭を集め、無理やり雨宮さんの手の中に握り込ませた。そして今度こそ女声で捲し立て、「ごきげんよう！」と全速力で闘争する。

女声を意識するあまり、最後はお嬢様になったが知らん。

これで誤魔化せた、よな？

木漏れ日の中を、飴色の髪を揺らして駆け抜けながらも、俺は雨宮さんに正体バレしていないことを祈るばかりだった。

§

どら焼き事件の翌日、月曜日。

午前最後の歴史の授業。

城センが担当するこの時間は、クラスメイトのほとんどがお昼寝中。

むにゃむにゃ喋る城センの声は般若心経を唱えているようで、なんとも眠気を誘うのだ。

応仁の乱について真剣に聞いているのなんて、いつも真面目な雨宮さんくらい……なはずだったのだが、昨日の今日で彼女の様子は少々おかしい。

チラチラッ。

じーっ。

バッ。

そんな感じの効果音を繰り返しながら、隙あらば俺のことを見つめているのである。朝からずっとだ。

廊下側の俺の席から、窓側の雨宮さんの席までは距離があるのだが、嫌でも視線は感じてしまう。

これは……やはり昨日のことか？

如何にも俺に物言いたげだよな、雨宮さん。

まさか本当に、『hikari ＝俺』の方程式が成り立って……？

「ふぁい、それでは今日の授業はここまでぇ。次までには卑弥呼《ひみこ》の人物像について、各自予習しておくことぉ」

キーンコーンカーンコーンとチャイムが鳴り、城センがむにゃむにゃと授業を締め括る。

卑弥呼？　応仁の乱じゃなかったのか？

いや、今はそんなことどうでもいい！

「光輝、お前は飯どうする？　俺は弁当忘れてきたし、購買に行こうかと思うんだけど。新作の味噌カツあんぱんっていう、わけわかんねぇのに一緒に挑まないか？」

「悪い、御影！　俺はそれどころじゃ……！」

城センが出て行くと同時に、雨宮さんが意を決した顔で立ち上がっていた。そうして俺のところに来ようとするので、俺は反射的に逃げの姿勢を取ったのだが、呑気な御影に足止めを食らう。

クソ、味噌カツあんぱんのせいで！

「……あ、あの、晴間くん！」

傍に来た雨宮さんが、プルプル震えながら俺に声を掛ける。

それだけでも相当の勇気を振り絞ったのだろう、チワワのようで可愛いなにしても可愛い。おかげで完全に逃げ遅れたが。

「もし、その……時間があったらお話できないかな？　できれば私と、ふ、ふたりきりで」

「あ、ああ、ええっと」

雨宮さんがこんなお誘いをしてくるなんて、昨日のこと確定だ。

俺がどうすべきか考えあぐねている間に、御影の方がなにかピンと来たというか、下世話な想像を働かせたらしい。

雨宮さんに王子様スマイルを向け、「いいよいいよ、光輝なんていくらでも連れていってくれ！　なんならふたりでランチタイムでも！」と俺を差し出した。

御影は屈んでニヤニヤと耳打ちしてくる。

「雨宮さんとなにがあったかは知らないが……上手くやれよ、光輝」

「そういうのじゃないって……」

「照れるなよ！　お前が女子と一対一で話すこと自体レアだろう？　もしかしたら、雨宮さんがお前の病を治す女神かもしれないぞ」

すでに女神なことは間違いないから、結局俺は雨宮さんの申し出を受け入れた。もとより雨宮さんに真正面から来られて、俺が断れるはずがない。

ホッとした顔をする雨宮さんも大変可愛いですはい。

そうこうして俺と雨宮さんは、グッドラックと親指を立てる御影に見送られ、屋上へと移動した。

『人があんまり来ないところ』ということで、雨宮さんがおずおず提案した場所がここだ。

一応、雨宮さんはこぢんまりしたお弁当箱、俺もコンビニの海苔弁当を携えている。

晴れ渡る空の下。

向かい合った雨宮さんは、意外にもストレートな球を投げてきた。

「おかしなことを聞くけど……晴間くんって昨日、自然公園にいた？　私を助けてくれた？　晴間くんは、その……hikariさん、だったりする？」

真っ直ぐな雨宮さんの目には、もう確信の光が宿っていた。

その眼差しに「うっ」と胸が槍で一突きされる。

これは下手な誤魔化しはよくないと、俺は観念して頷いた。

「そうだよ――俺が超絶スーパーウルトラ美少女モデル・hikariの残念な正体だ」

「やっぱり……ほ、本当に晴間くんがhikariさん……！」

「これには深い事情……でもない事情があって、話せば長く……もないんだが」

ひとまず昼休みも限られているので、俺たちは並んでコンクリートに座り、各々の弁当を食べ始める。箸を動かしながら、俺は美空姉さんとのあれこれを手短にダイジェストで説明した。

関係ないが雨宮さんの弁当、彩り豊かで美味しそうだな。タコさんウィンナーに花形人参と凝っているし。

「そ、そっか……晴間くんも大変だったんだね。ごめんなさい、このことも知らないふりをすべきだったのに、どうしても確かめたくて……」

「ん？　このこと『も』？」

「そ、それはあの、また別の機会に言うね！」

なんだろうか。

挙動不審な雨宮さんは気になるが、今はひとまず突かないでおこう。

「前々からなんとなく、晴間くんはhikariさんと通じるところがあるなあって思っていて。小銭を拾ってくれた時に、完全に重なったというか……」

やはりあれが決定打だったか。

それでも、俺とhikariの通じるところ？　とやらを直感した雨宮さんはスゴい。

素の俺のことを知っていて、写真を持ち歩くくらいhikariの大ファンなら、比べてそういうこともあるのだろうか？　いや滅多にないだろうけど。

もちろん、バレたのは雨宮さんが初めてだ。

「ただ、俺の正体については……」

「誓って誰にも言わないよ！　家族にも！」

「そうしてくれると助かる。俺と雨宮さんの秘密で頼むな」

雨宮さんは夢見るように、「私と晴間くんの秘密……」とぽんやり呟いた。

ココロさんも『ふたりだけの秘密』というのに反応していたし、特別感があるものなのかな、こういうの。

そして憧れのhikariがクラスメイトの地味男だったことに、ガッカリした素振りも見せない雨宮さんは、心根から優しい子すぎて泣ける。

そんな彼女は卵焼きを挟もうとした箸を止め、かしこまって俺に向き直った。

「晴間くん……昨日は本当にありがとう。やっぱり、ちゃんとお礼させて欲しいの。私に恩返し、させてください」

緊張して話す時、たまに敬語になる雨宮さん可愛いなあ……と脳をとろけさせていたら、雨宮さんがいそいそと制服のブレザーのポケットに手を突っ込んだ。

出てきたのは、一枚の紙ペラ。

風に吹かれる文字は、スイーツ店の『食べ放題ペア無料ご招待券』。

先日、雨宮さんがチャラ男からお詫びにもらっていた、『幻のどら焼き』とやらが食べられるやつだ。

「もしあの、晴間くんが本当にhikariさんで、どら焼きが嫌いじゃなければ、い、一緒に行けたらと思って。元は晴間くんに助けられてもらったものだし、こんなことじゃ恩返しにもならないかもだけど……」

「いやいや、それは雨宮さんの優しさでもらったものだから！　恩返しにも十分なるよ！　でもいいのか？　俺とペアでスイーツ店とか」

そもそもお礼なんて、俺が勝手にやったことだしいらないのに。

しかし雨宮さんは券を握り締めて俯き、真っ赤な顔で小さく小さく言った。

「わ、私は……晴間くんと一緒に行けたら、嬉しい……です」

はい、天使ー！

はい、フェアリー！

可愛いのパック詰めか？　可愛いすぎて可愛い。

俺がそのあまりの可愛さに息を止めていたら、ろくな返事ができず、雨宮さんを不安にさせたらしい。

彼女に「私となんて、やっぱり嫌かな？　どら焼きも好きじゃない？」と悲し気に聞かれてしまった。

雨宮さんを悲しませるなんて重罪だぞ、俺！

慌てて違うと否定する。

「俺も行きたいよ、雨宮さんと！　それに俺、毎日三食どら焼きで生きていける、生粋のどら焼きマニアだから！　『幻のどら焼き』も前からすげえ気になってた！」

「そ、そうなの？　よかった」

大嘘をついたが、雨宮さんから憂い顔がなくなったのでよしとする。

なにしても可愛い雨宮さんだが、笑顔が一等可愛いことはすでに思い知らされているので、悲しい顔は極力見たくない。

あと成り行きとはいえ、雨宮さんと出掛けられることは単純に心躍る。

サンキュー、昨日のチャラ男。

フラれたお前の犠牲は無駄にしない。

「じゃあまた、行く日にちや時間帯は後で決めようか。やり取りしやすいよう、連絡先も交換しておいた方がいいよな」

「連絡先!?　い、いいの？　晴間くんの連絡先とか聞いちゃって……！」

「ん？　別にいいけど」

俺は制服からスマホを取り出し、雨宮さんと手早くメッセージアプリのＩＤを交換する。

古めの機種を使っている雨宮さんは、「ご、ごめんなさい、あんまり交換なんてしたことないからわからなくて……」とあわあわしていて、その不慣れな様子も大変可愛らしかった。

『雨宮雫』と、俺のスマホにきちんと名前と連絡先が登録される。

そこで昼休みが終わりかけていることに気付き、俺たちは急いで弁当を掻き込んで教室へと戻った。

「どうだった？　なにか進展あったか？」と若干ウザい御影をかわしながら、自分の席につく。

だが古典の教科書を出したところで、フッと疑問が湧く。

待てよ、これは由々しき問題だ。

俺は雨宮さんと出掛けるのに、俺のままかhikariか、どっちになればいいんだ？

# Side A　雨宮さんの悩み

「ただいま」

ガラッと立て付けの悪い引き戸を開けて、狭い玄関を上がる。

突風に煽られたら吹き飛んでしまいそうな、古い木造二階建ての一軒家。それが我が家だ。

「おかえり、雫姉さん。今日は帰り早いね」

「雫姉、おかえりー」

「おかえりー」

「おかえっ、なちゃい！」

奥の居間から家族の声が次々と飛んでくる。

私は五人姉弟の長女で、下に年の近い中学生の弟がひとり、小学生の双子の妹たち、幼稚園に通う末っ子の弟がいる。上から順に零《れい》、霞《かすみ》&澪《みお》、霰《あられ》だ。

あとは看護師をしているお母さんと、ペットのハムスター・金時《きんとき》を合わせて、六人と一匹暮らし。

いつもなら帰宅したら、すぐにエプロンをつけて夕飯の準備を始めるんだけど……。

「ご、ごめんね！　私はちょっと部屋にいるから、夕飯は後で作るね！　なにかあったら呼んで！」

パタパタと足音を立てて、二階の自室へと続く階段を駆け上がる。

後ろからは「雫姉さんがおかしい……学校でなにかあったのか？」「なんか嬉しそうっていうか、舞い上がっているよね珍しく」「嬉しいことならいいじゃん」「ねえちゃ、にこにこー」なんて会話が聞こえてきたけど、今は説明している余裕がないんだ。

学校の昼休みから、心がフワフワ浮つきっぱなし。

早く自室でゆっくり頭を整理したかった。

だってだって、私の人生で間違いなく、一番すごいイベントが起きたんだよ！

「はあ……」

自室に入って眼鏡を外し、制服のまま安物のパイプベッドにボフンッ！　と倒れ込む。

チェックのプリーツスカートがシーツの上に広がった。

仰向けでスマホを持ち、メッセージアプリを開く。

帰りのバスの中でも何度見返したかわからない。

『晴間くん』

家族以外ろくに登録されていない連絡先一覧に、新しく刻まれた名前。

「ふへっ、へへへへ」

自分でも引いちゃうような、不気味な笑い声が漏れる。

昨日の出来事から昼休みの時間まで、晴間くんに関することを思い出して、ベッドの上でジタバタと暴れた。姉弟たちに見られたら心配されちゃう奇行だ。

常日頃から家計が厳しい家だけど、高校生になって一人部屋をもらえたことに初めて感謝する。

お母さん、ありがとう。

「晴間くんは、憧れのhikariさん……勇気を出して聞いてみてよかった」

聞くべきか聞かないべきか。

むしろ晴間くんに自分から話しかけられるのか否か。

一晩悩み倒した末、私からしたらものすごく大胆な行動を取ったと思う。

女装をすることになった理由も教えてもらったけど、優しくて面倒見のいい、晴間くんらしいものだった。

普通だったら、hikariさんが男の子だったことにもっと戸惑うのかもしれない。でも自分でもびっくりするくらい、すんなり受け入れられちゃった。

「すごいなとしか言えないもんね」

男の子であれだけ可愛いなんて、本当に晴間くんはすごい。

なにより、晴間くんとあんなにたくさん喋れて、お弁当もふたりで食べたの！

晴間くんに見られるなら、毎朝家族の分も私が作っているお弁当、もっと気合い入れたものにするべきだったよ。

悩み過ぎの寝不足で、卵焼きの端がちょっと焦げていたこと、晴間くんは気付いてないかな？

しかもそれだけじゃなくて、一緒に……そう、一緒にお出かけすることになったことが、嬉しすぎて困ってしまう。

あわよくばと期待を込めて誘えば、まさかＯＫしてくれるだなんて。

「恩返しとか言っておいて、私が晴間くんと行きたかっただけだってわかったら……優しい彼でも怒っちゃうかな？」

ゴロリとベッドの上で体勢を変えながら、己の罪を呟く。

晴間くん、hikariさんとしてのお仕事が忙しいだろうに、きっとわざわざスケジュールを空けてくれるんだよね。わざわざ私のために。

それともどら焼きのため……？

晴間くんがどら焼き好きって情報がわかったのもよかった。いっぱいスイーツ店で食べて欲しいな。

派手なカップルさんたちに絡まれた時は怖かったし、どら焼きを踏まれた時は悲しかったけど、ゲンキンなもので今は感謝しかない。

こんなチャンスをくれて感謝します、チャラ男さん。

カノジョさんと仲直りできていますように。

「うぇっ！」

ピコンッ！　と、そこでスマホが軽快な音を立てた。

私はみっともない悲鳴と共に肩を跳ねさせて、慌てて画面を覗き込む。

「は、ははは晴間くんからだ！」

初めて彼が送ってくれたメッセージ。

すーはーと深呼吸して読んでみる。

『晴間です、今大丈夫かな？　今日はお誘いありがとう。スイーツ店に行くのは今週末の日曜日でどうかなって』

今週末の日曜日……って、すぐだよね!?

招待券は週末限定だから、日程は一番早いところでそのあたりだろう。晴間くんの提案に異論はないけど、単純にまだ心の準備ができていない。

「そ、そうだ！　なに着ていけばいいの!?」

日曜日ということは私服だ。

これは由々しき問題だよ。

ベッドから勢いよく起き上がって、古い箪笥の中を漁ってみる。

だけど私の持っている服なんて限られているし、私服は昨日一度、晴間くんに見られているんだよね。

あの格好のこと、晴間くんはどう思ったんだろう。モデルもしている彼的には何点だったのかな。

あれでもオシャレした方だったんだけど、ダサイのかな……ダサイよね、たぶん……。

「……ファッションって難しい」

服だけじゃなくて、髪型は？

お化粧とか必要なのかな？

靴やアクセサリーは？

箪笥を開けたり閉めたり、ベッド脇に置いてある手鏡を眺めたりしてみる。

眼鏡は欠かせないけど、長い前髪を弄るくらいなら……。

ただ視界が明瞭になると、人の目が怖い。なにもない素顔、晴間くんに晒したら嫌がられないかな。

「その前に晴間くんって、晴間くんで来てくれるのかな？　hikariさんで来てくれるのかな……？」

どちらでも私はドキドキするのに変わりはないから、どちらにせよ心の準備が必要だけれど。

問題はやっぱり、私の方だよね。

せっかく仲良くなれる最大のチャンスで、下手な格好をして嫌われたくないよ。

「せ、せめてなんとか、まともな格好をしないと……」

うんうんと、部屋の真ん中で頭を抱えて唸る。

ベッドに投げ出したスマホが視界に入って、晴間くんに返信もしていないことを思い出す。そっちもどんな文面がいいか考えなきゃ！

こんな調子で、明日から学校で彼と顔を合わせられるのかな？　今までから一歩進んで、あ、挨拶くらいならしてもいいのかな？

ああ、本当にどうしよう！

「なにがあったんだよ、雫姉さん……まさか男……カ、カレシか？　ウソだろう、姉さん……。俺たち家族が一番だって、いつも言ってくれているのに……ソイツ殺すしか……」

「拗らせシスコンを殺意に変えないでよ、零兄。どうする、澪？　止められる？」

「私じゃムリだよ、霞。暴走した零兄を止められるのなんて、雫姉だけなんだから。私だって雫姉のカレシが気になるし。まずカレシなのかなあ？　どう思う、霰？」

「か－れ－ち！」

§

いつまでたっても下りてこない姉を心配して、妹弟たちが様子をこっそり覗きに来ていたと気付くまで、私の葛藤は続いたのだった。

# 第三章　デートは変身のお時間です

　雨宮さんとスイーツ店に行く日は、次の日曜日の午後三時頃になった。

　連絡先を交換したその日の夜に、俺はメッセージを送ってみたわけだが……以下は俺と雨宮さんのやり取りである。


『晴間です、今大丈夫かな？　今日はお誘いありがとう。スイーツ店に行くのは今週末の日曜日でどうかなって』

『こちらこそ、その節は大変お世話になりました。問題ありません。かしこりました』

『時間はどうする？　デザートだし午後三時頃とか？』

『良案かと思われます』

『待ち合わせ場所は街中の巨大タワシ像の前でいい？』

『はい』

『当日はよろしく』

『よろしくお願い申し上げます』

終了。

……固っ！

歩み寄りたい上司と心を開いてくれない部下か？

花の高校生がしていいやり取りではない。

本音を言えば俺はもっと、ここから話を発展させて、雨宮さんと他愛のないトークで盛り上がりたかった。学校で起きた面白エピソードとか、趣味のこととか。

だが俺はメッセージひとつ送るのにも手探りな状態だったし、それはおそらく雨宮さんも同じだろう。

むしろ俺よりアプリに不慣れそうなので、画面の向こうで相当苦悩した様子が窺える。

だから固い部下のような言葉遣いに……。

その悩む姿も想像すると大変可愛いらしいので、アリかナシかで聞かれたらアリだが！

なお、前夜にメッセージのやり取りはあれど、後日の学校での距離感は、今までとさして変わりはなかった。

ちょっとした挨拶を交わしたくらいか？

その次もその次の日もそんな感じだったので、日曜日への期待と不安は高まるばかりだ。

御影には「もっと雨宮さんに攻めていけよ！」と、なぜか発破《はっぱ》を掛けられたけど、俺たちは仲良くなりつつある段階なんだよ！　たぶん！

そんな御影には、まだ俺＝hikariだと雨宮さんにバレたことも、彼女とスイーツ店に行くことも伝えていない。

前者はいったん保留にしてそのうち話すつもりだが、後者は面倒だからもう黙っとく。

ほら、『俺と雨宮さんの秘密』ってことで。

そして――訪れた約束の日曜日。

「雨宮さん、もう来ているかな」

空は雲ひとつない快晴で、そろそろ梅雨入りかと危ぶんでいたが杞憂だったらしい。

絶好のお出掛け日和に街中は人が多い。

その人混みを上手く潜り抜けて、目的地を目指して歩く。

悩んだ末、俺は『俺』のままで、ベージュのパーカーとジーンズを適当に選んで着てきた。もちろんメンズものを。

hikariになるにはそれなりに労力が必要で、まずココロさんのところから飴色ウィッグを借りてこなくてはいけない。それに今日は晴間光輝としてのオフなので、変身するのは止めておいた次第だ。

雨宮さんがやっぱりhikariと出掛けたいと言うなら、いくらでも変身するがな。

ここからなら、美空姉さんの会社ことアメアメの本社が近いので、寄ればなれないこともない。

俺なら顔パスでそれなりに自由にさせてもらえるし、あそこならウィッグの予備もあるし。

だがこの人の多さも考慮すると、やっぱりhikariは休業にして正解そうだ。

また囲まれるのは勘弁願いたい。

「お、タワシ発見」

街中の広場に堂々と立つ『巨大タワシ像』は、なにかの略称とかでもなく本当にタワシだ。タワシを模した銅像が、台の上に直立している。

こういうオブジェって、製作者の意図がマジでわかんないものが多い気がするけど、それでもこれは随一にわからない。

製作者はタワシでなにを世間に訴えたかったんだ……？

悪目立ちはするので、待ち合わせスポットには適しているけど。

本日も待ち合わせ中だろう人たちが、タワシの周りにチラホラいて、その中に見慣れた分厚い眼鏡姿の女の子を発見する。

「ええっと、雨宮さん……これは……また……」

本日の彼女のコーデに、失礼は承知で天を仰いでしまった。

足元まである、七分丈のロングワンピース姿。

ワンピース自体はいい。一枚でコーディネートを完成させられるマストアイテムだからな。

だが雨宮さんの着ているワンピースは、腰回りのおかしなところに三段フリルがついていた。

いや、なんでそこにフリル？

hikariアイズから見て、雨宮さんはせっかく腰のラインが綺麗なのに、変なフリルのせいで台無しだ。これでは太って見えてしまう。『フリルがあればちょっとはオシャレかなっ？』って、雨宮さんの間違った副音声が聞こえる。

色も暗い赤で膨張色だし……なんだあの色……。

ワンピースから覗くブーツもおかしい。

単体ならわりと悪くないデザインのものだが、どうしてこの季節にモコモコブーツをチョイス？　上と下が季節の歩調を合わせていないぞ。

『一番まともな靴って、冬に買ったブーツかな？』ってまたもや間違った副音声が……。

極めつけは、いつもは下ろしている雨宮さんのセミロングの髪型。

今日は左右に三つ編みにされているのだが、いわゆるヘアアレンジとしての三つ編みではなく、キッチリまとめただけの古式ゆかしい委員長っぽいやつだ。

結んでいるヘアゴムはクマの顔のマスコットつきで、その顔が異様にでかい。マジでかい。両肩にクマの生首を乗せた猟師みたいになっている。

重い前髪は黒ピンで留めていて……あ、これは可愛いな。

すごく可愛い。

雨宮さんはやっぱり、額を出した方が明るく見えていい。

「あ、晴間くん……！」

俺に気付いた雨宮さんが、控えめに手を振ってくれる。

クマの生首がゆさゆさ揺れているのが気になるが、恥ずかしそうに手を振る雨宮さんは天使だ。格好はアレでも。

俺は雨宮さんに走り寄る。

「ごめん、もしかして待たせたかな」

「しゅ、集合時間の十五分前だし、晴間くんは遅れてないよ！　私が早く来ちゃっただけだから……」

「え、何分前にいたんだ？」

「い、一時間前……」

一時間!?

ライブの物販にでも並ぶのか!?

「そ、そんなに早く来ていたんだな」

「楽しみでいても立ってもいられなかったから……」

面映《おもは》ゆそうに俯く雨宮さんは、絶対可愛い顔をしているのに、クマの生首が彼女の表情を俺から隠す。

さっきから邪魔だな！　クマ！

「そ、それより、あの……今日の私の格好、大丈夫ですか……？　変、じゃない？」

心許なさそうに、雨宮さんは問いかけてくる。

うっと、俺は言葉に詰まった。

ここでウソをついて「変じゃないよ」というのは簡単だ。だがそれは雨宮さんのためにならないし、hikariのプライド的にも肯定し辛い。

なんと答えるべきが……。

だがこちらが返答する間もなく、雨宮さんは察してしまったらしい。

「や……やっぱりダメだよね、この格好」

「あっ、いやその！」

「わ、私なりに頑張ったんだけど、ダメダメで……これ以上どうにもできなくて。こんなみっともない女とスイーツ店なんて、晴間くんに恥かかせちゃうよね？　ごめんなさい、私は帰ります」

「はっ!?　蛙!?」

間違えた、帰る!?

「券は晴間くんに渡すから、今度誰かと行ってきてください。きょ、今日は本当に、ご、ごめ……っ！」

「待って待って待って！」

ひとりでネガティブ思考を展開して、雨宮さんは券を俺に預け、自分は足早に去ろうとする。顔はくしゃりと歪んでいた。

俺はかつてない瞬発力で、そんな彼女の腕を掴んで引き止める。

雨宮さんの手首、見た目より華奢だ。

折れないか不安になる。

「俺は雨宮さんと行きたいって言っただろう？　君以外と行く気ないって！」

「で、でも……」

「……わかった、じゃあこうしよう」

そして俺は、ひとつの妙案を思いついた。

「スイーツ店に行く前に、ちょっと寄りたいところがあるんだがいいかな？」

「寄りたいところ……？」

「ああ」

俺に身を委ねてくれないか——そう言えば、雨宮さんは間をおいてボンッと真っ赤になった。

すまん、言葉選びがおかしかった。


アメアメの本社はタワシ像から徒歩で約十分。

街の中でも一際大きくて目立つ、ビル一棟がそうだ。

広々とした中は明るく開放的で、床や壁にところどころカラフルな幾何学模様が入っており、洗練されたデザイン性も窺える。出入りする社員の皆さんも、オフィスカジュアルひとつ取っても個々のセンスが光っていた。

「は、ははは晴間くん！　こんなオシャレな会社、私には場違いだよ……！」

「大丈夫だから、雨宮さん」

雨宮さんはドアをくぐった時から、キョロキョロと挙動不審である。そんな彼女を宥めつつ、エントランスで受付を顔パスし、エレベーターで上の階を目指した。

階に着いて廊下を歩けば、すれ違い様にたくさん声を掛けられる。

「おや、光輝くんか。こんにちは」

「いらっしゃい、光輝くん。社長にご用？」

「ゆっくりしていきなよ」

それらにお辞儀しつつ、軽く応対。

さすがに社員全員、俺の正体がhikariだと知るわけではないが、一部には当然の事実。そうでなくとも、俺が社長の身内であることは周知済みだ。

そんな俺に雨宮さんは、「馴染んでいる晴間くん、すごいね」と尊敬の眼差しを向けてくる。キラキラした目が可愛い。

単純にこの会社は行き慣れているだけなんだけどな。

「hikari活動を始める前から、美空姉さんに連れて来られていたんだよ。『社会見学に来てよ』とか言って無理やり……感覚的には、第二の実家みたいなものかな」

「晴間くんのおうちもこんなにすごいの……？」

「いや、俺の家は普通。ただの一般家庭だから」

「普通……雨漏りしたり、ネズミがいたりしないだけでいいおうちだよね」

雨漏りにネズミ……？

雨宮さんの基準が不安になる。

「およよ？　そこにいるのは光輝くんじゃゃん！」

「あ、ココロさん」

そこで進行方向から、メイクボックスを片手に歩くココロさんと遭遇した。

相変わらずのミニマム体型に、ロックバンドみたいなファンキーな格好だ。耳についているピアス、また一ヶ所増えているし。

「今日はhikariの撮影予定はないはずだし、社長も支社の方に飛んでいていないよ。どうしたの？」

「ちょっと個人的な用事で……むしろ美空姉さんはいない方がありがたいです。俺が前に着た服と、メイクやヘアセットの道具をお借りしたいなあと」

「なに？　もしかしてそっちの子を変身させる感じ？」

俺の後ろに隠れている雨宮さんに、ココロさんは遠慮なく近寄っていく。

赤リボンで纏めたサイドテールがぴょこぴょこ揺れて、動きが幼女のそれだ。実年齢を考えればひたすら恐ろしい。

雨宮さんは大変いい子なので、突然のファンキーロリの登場にも、おどおどしながらも礼儀正しく会釈する。

「は、はじめまして！　私は晴間くんのクラスメイトで、雨宮雫といいます」

「あたしはオシャレになりたい貴女の味方、ココロおねえさんだよ！　気軽にココロさんって呼んでね！」

「は、はい！」

「雫ちゃんは、光輝くんのクラスメイトか……なるほどねえ？」

下から舐めるように、雨宮さんを観察するココロさん。

ポンッ！　と、彼女はなにかを思い付いたように、わざとらしく手を打った。

「さては君が、光輝くんが言っていた『学校で気になる女の子』だね！」

「気になる……？」

「ちょ、ちょっと、ココロさん！」

俺は慌ててココロさんの背後を取り、口をガバッと塞いだ。

お口がオープン過ぎる。

余計なこと言わないでください！

「もがっ、もがもがもが」

ココロさんが言葉にならないもがきと共に、ミニマムな手足をジタバタと暴れさせる。

天使な雨宮さんは「は、晴間くん、苦しそうだよ……？」と心配そうにしているので、
俺は仕方なく手を離してやった。

「ぷはっ、死ぬかと思ったよ！　レディに乱暴はＮＧなんだからね！」

ぷんぷんと、ココロさんはお冠だ。

しかしすぐに切り替えて、俺に好奇心いっぱいの瞳を向けてくる。

「それで？　光輝くんの『オトモダチ』を変身させるなら、バッチリ可愛くしてあげなく
ちゃいけないねえ。光輝くんが一からプロデュースしてあげるのかな？」

「はい。服と道具一式さえ貸してもらえれば」

……そうだ。

『可愛い』を極めた俺は、コーディネートも軽いメイクも、ヘアアレンジだって一通りそ

れなりにできる。

　自分でも簡易式hikariになろうと思えばなれるし、他者を手掛けて誇れるだけの腕はあるのだ。

　しかしココロさんは楽しそうに笑って、「それならあたしも手伝わせてよ！」などと言い出した。

「えっ、仕事はいいんですか？」

「今日はスケジュールに余裕があるの！　それにこの子、あたし的にかなり化けそうな気配がして、アーティストの血が騒ぐのよねえ。個人的にやらせて欲しい！」

「ココロさんが手伝ってくれるなら心強いですけど……」

　なんといったって彼女はプロだ。

　あくまでメインは俺が頑張るとしても、プロのサポートがつくだけで格段に違う。

　俺が「じゃあお願いします」と頭を下げれば、ココロさんはうっとりした顔でつま先立ちになり、雨宮さんに体をくっつけた。

　真っ赤なネイルが塗られた指で、雨宮さんの頬をペタペタと撫で回す。

「はあ……だってこのhikariに負けずとも劣らない、キメ細やかな肌！　眼鏡で隠すなんて勿体ない整った目元に、絶妙な唇のバランス……！　お鼻の高さもすべてが黄金比で、素材を活かしたお化粧で絶対映えるよぉ」

「へっ!? え、ええっと」

「髪型も服も変えて……最初はさ、クマの生首乗せた猟師が山から下りてきたのかと思ったけど、これは手入れひとつで生まれ変わる！　髪も若々しいキューティクル！」

「あ、あの、ココロさ……」

「ヤバいいいいい、興奮してきたっっっ！」

「ひぁあ！」

唐突に興奮スイッチの入ったココロさんに、雨宮さんは悲鳴をあげた。ただでさえいきなりこんなところに連れて来られ、展開に置いていかれ気味だろうに申し訳なくなる。

怖いよな、このココロさん。

俺も最初に見た時は怖かった。

お眼鏡に適《かな》うモデルと出会うと、ココロさんはリミッターが外れて、このように暴走してしまうのである。

美空姉さんといい、この会社のメンバー暴走癖ありすぎだな。

しかしテンパる雨宮さんも可愛い。

見た目幼女なココロさんにべったり張り付かれている姿も、目に優しくて和むし。女の子同士の絡みのよさがわかる絵面だ。

美空姉さんが hikari の相方を求めるのも、こういうショットが欲しいからだよな、たぶん。

「ああん、このフェイスラインもそそるわ……手を……手を加えたい……あたしがどうにかしちゃいたい……」

「は、晴間くん！　晴間くんー！」

「はい。ストップです、ココロさん」

ココロさんの手つきはどんどんエスカレートしていって、怪しい雰囲気になっていた。

雨宮さんに助けを求められたので、俺はココロさんの首根っこを捕まえて引き離す。

さすがにこれ以上、雨宮さんを怯えさせるのは俺が許さん。

「もうっ！　光輝くんのケチ！」

「いいから、早く今でも可愛い雨宮さんをもっと可愛くしに行きますよ」

不満そうなココロさんをそう促せば、雨宮さんは「晴間くんが私を可愛いって……き、聞き間違い？」と狼狽《うろた》えていたが、聞き間違いでもなんでもないぞ、雨宮さん。

――君は可愛い。

そして君が自分に自信を持てるように、俺がもっともっともっと、可愛くしてみせるからな！

それから最初に、俺は雨宮さんに着せる服を選んだ。

服や小物がズラッと並ぶ衣装保管室で、かつてhikariとして着てきた洋服たちを漁る。

ここの服は俺の好きにしていいと、以前から美空姉さんの許可が出ている。今がその特権の使いどころだった。

雨宮さんはhikari（というか俺）より小柄だけど、服のサイズは同じくらいだから選びたい放題だ。

俺の男としてのプライド？　知らん。

持って生まれた変えられない体格を悲観するより、最大限に活かせる方法を取るべきだろう。

雨宮さんは保管室に入ると、目を見開いて感動していた。

「こ、このプリントスカートって、hikariさんがあの雑誌で着ていたやつだよね!?　有名なデザイナーさんとのコラボの！」

「こっちのジャケットも見たことあります！」

「わっ、わっ、わっ！　予約殺到だったたっていうレースのブラウスだ！」

「ネットでhikariさんが被っていた帽子……かなり貴重だよ……すごい……」

見たこともないほど大はしゃぎ。

うーん、可愛いとしか言えなかったな、テンションを上げた雨宮さんは。

忘れていたが彼女はなかなかの hikari マニアだった。

憧れの人と同じアイテムを身につけられると、素直に着てくれたらよかったのだが、雨宮さんは「hikari さんが着た服なんて、私には似合わないよ……！」と激しく遠慮した。

予想の範囲内だ、この反応は。

「大丈夫だ！　似合う！」

そう親指を立て、俺は力業のごり押しで圧倒した。

服が決まればヘアメイクだ。

カチンコチンに固まる雨宮さんに、俺が一通り施して、仕上げだけはココロさんが行うことになった。

「完成は見てからのお楽しみ♪」

そうココロさんにメイク室を追い出され、俺は廊下でただ今待機中。

手持ち無沙汰なのでスマホをスッスッと弄る。

ＳＮＳを流し見すれば、意図しなくても hikari の名前が飛び込んできた。その中にひとつ、内容に身に覚えのある呟きを見つける。

『この前さ、近くの公園でhikariちゃんにそっくりな子見た！　どら焼きのキッチンカーの前にいた！　マジで激似！』

幸いにして、警戒したおかげで写真などはアップされていなかったが、呟きはけっこう拡散されてリプライもついている。

『どこの公園ですか？　私もいたかもしれません』

『似ている子に会えただけで羨ましすぎる！』

『実は本物だったんじゃないの（笑）。一生分の運を使ったかもな（笑）』

『本物のhikariたんなわけないだろ、愚か者が。hikariたんは気まぐれに下界へ舞い降りた天使なんだから、そう簡単に会えるかよ悔い改めろ』

……いや、俺は人間ですけれどね。

まったく、今日もhikariは人気すぎてツラいな。

数多《あまた》の夢を壊さないためにも、俺の正体はつくづく秘密にすべきだと、何万回目かの確認をする。

「光輝くーん！　でっきたよー！」

「あああああの、まだ心の準備が……！」

バーンと、そこでドアが勢いよく開いた。

俺はスマホから顔を上げ、ココロさんに背を押されて出てきた雨宮さんに、ひゅっと息を飲む。

変身する過程でも一秒ごとに『可愛い』と唱えていたが、改めて完成された雨宮さんの威力たるや……まさに『気まぐれに下界へ舞い降りた天使』。

ドクンドクンと、俺の体が不整脈を起こす。

あまり脚を出したくないという雨宮さんの希望を考慮し、服はマキシ丈のティアードワンピース。

同じワンピースでも、雨宮さんが家から着てきた謎フリルのついた謎ワンピとは違う、幅広い世代から人気の一着だ。

『ギャザー』と呼ばれる、布をきゅっと縮めた『ひだ』がいくつもあしらわれていて、ふんわりフェミニンな印象。色もパウダーピンクで愛らしく、その上に白のショート丈カーデを合わせて明るく仕上げている。

靴はさすがにhikariとサイズが合わず、別のところから調達してきた踵の低いミュールだが、ベージュのシンプルなそれが全体を引き締めていた。

お次に髪型！

こちらも三つ編みは変身前と同じだが、ひとつにまとめて肩に垂らし、わざと崩してふわふわ感を出している。こちらはココロさんの技だ。崩し方が絶妙でさすがです。もちろんクマの生首はいない。アイツ等は森に帰ってもらった。もう人里に来ちゃダメだぞ。

前髪はピンを外し、垢抜けた印象になるようコテでカールも入れてある。

だが、なによりも……。

「は、晴間くん……どう、かな？　私」

ナチュラルメイクを施した顔を赤らめ、眼鏡の奥からじっと見つめてくる雨宮さん。

眼鏡は俺が選んだ、ボストン型の伊達眼鏡だ。

本当は眼鏡自体ない方がよかったのだが、聞けば雨宮さんは視力は悪くないものの、顔隠しの意味で眼鏡はあると安心するらしい。

まあ、可愛いからよし。

そう！　もじもじと俺の反応を待つ雨宮さんが、格好も相まって喀血《かっけつ》するほど可愛いのだ！

血を五リットルは吐ける！　可愛い！

「光輝くん、黙っていないで感想を言ってあげなよ。正直あたしも、化けるとは思ったけどここまでとはって感じで、今すぐhikariとセットでモデルデビューさせちゃいたいくらいなんだけど……！」

はぁんと両手を頬に当て、悦に入っているココロさんに、俺は全面的に同意だ。

「マジで可愛いですよね。小野小町《おののこまち》も嫉妬する可愛さ」

「えっ」

「楊貴妃《ようきひ》も二度見する美少女」

「えっ、えっ」

「クレオパトラも絶賛の嵐」

「えっ、えっ、えっ」

語彙力を振り絞って褒める度に、雨宮さんは熟れ切ったリンゴのようになっていく。

しかしながら、彼女はまだ己の可愛さに自信を持てないようで「は、晴間くんにそう言ってもらえるなら……お世辞でも嬉しい、です……」なんて蚊の鳴くような声でこぼしている。

違う！

そうじゃないんだ、雨宮さん！

「——お世辞じゃない！」

俺はガシッと雨宮さんの肩を掴んだ。

天然物の丸くて形の綺麗な瞳が、びっくりしたように俺を見上げてくる。

「俺はお世辞で人に『可愛い』なんて言わない！　なぜなら（女装した）俺が世界で一番可愛いからだ！　だけど雨宮さんはそんな俺より可愛い！　つまり世界で一番可愛いということになる！　もっと自分に自信を持て！　君は！　可愛い！　のだ！」

「え、えええっ!?」

雨宮さんは頭の上からシュウシュウと湯気を出しているが、俺は「ウルトラ可愛い！　ミラクル可愛い！　破壊的に可愛い！」と追撃を止めない。

「あはは、ここまで自分に自信のある光輝くんもさすがだけどね！」

傍でココロさんが茶々を入れてくるが、なんと言われようと今の俺は止まらない。雨宮さんに自分の魅力を理解してもらえるまで、全力で褒め倒すのみである。

こういうのはやっぱり、もっと多くの第三者からの称賛が必要か……？

他人の目があった方がいいかもしれない。

「……よし！　雨宮さんの変身も済んだことだし、さっさとスイーツ店に向かおう！」

「あっ！　う、うん、そうだね」

街に出てみれば、可愛い雨宮さんに注目は集まるはず。そうしたら雨宮さんだって、観念して己の可愛さを自覚するだろう。

どちらにせよ、そろそろスイーツ店に向かわないと店が閉まってしまう。

「それじゃあココロさん、ありがとうございました！」

「いえいえー、青春だね！　頑張れ若人たち！」

やたら楽しそうなココロさんに見送られ、俺たちは慌ただしく『アメアメ』の本社ビルを後にした。


スイーツ店に着く頃には、陽は傾いて夕方になっていた。

ちょうど客の入れ替え時だったためか、席にはすんなり案内される。

壁にマカロンやケーキの絵が描かれたファンシーな店内は、テーブル席とソファ席があり、中央のスペースに色とりどりのスイーツが並ぶビュッフェ形式だ。

客は存外、女性ばかりと思いきや男性も少なくはない。

カップルの彼氏とか家族連れのお父さんとか、テレビでも紹介された話題の店のためか、如何にも陽キャな男子大学生だけのグループもいる。

また別のところには、プリンアラモードの写真を「この角度ではプリンの滑らかさが伝わらない……！」などと呟きながら、真剣に撮るスイーツガチ勢な奴等も。彼らはスイーツ男子の集いだろうか。

「あの、晴間くん……やっぱり私、変じゃないかな？」

「変って？」

テーブル席で向かい合わせに座る雨宮さんは、気まずそうにモジモジと体を揺すっている。

ゆるくカールをつけた前髪が大変よろしい。

可愛らしい。

「あっ！　晴間くんとココロさんがしてくれた、メイクやファッションが変ってわけじゃないよ！　ただ、私の勘違いかもしれないんだけど……その、さっきから見られている気がして……」

雨宮さんの言う通り、見られているのは紛れもない事実だ。

ここに来るまではバタバタしていて、あまり周囲の視線には気付けなかっただろうが、今の雨宮さんは主に男性、時には女性の注目も集めている。

もちろん、雨宮さんが危惧しているだろう『悪い意味』ではなく『いい意味』で、だ。

耳を澄ませば聞こえてくる、雨宮さんへのたくさんの賛美。

「なあなあ！　あの子さ、可愛くね？　ピンクのワンピ着た三つ編みの子」

「思った！　あれだけ可愛いのに、控え目そうなところがマジタイプ」

「いいよなあ、ずっとhikariみたいなカノジョが欲しかったけど、ああいう清楚な感じの子がカノジョってのもさ」

「前の席の奴がカレシじゃねえの？　あの地味な男」

「それはないだろうな、地味だし」

　これは男子勢。

「あっちの席の子、すっごい可愛いよね。あのピンクのティアードワンピ、モデルのhikariが着ていたやつじゃん！」

「ああ、人気すぎて買えなかったやつ。いいなあ、hikariと同じくらい似合っているよね。私もあれだけ可愛くなりたーい！」

「あの子もモデルとかしてそうだよね」

「一緒の席に座っているの、カレシ？　地味じゃね？」

「つり合ってないよねー、地味だし」

　こちらは女子勢。

　……うん。

　ちょいちょい俺へのディスも挟んでこられるが、hikariにならない俺の評価などこんなものだ。

それより雨宮さんが褒められていることこそが、今の俺にとっては重要である。

雨宮さんは可愛いのだと、どんどん世に知らしめたい。

しかしながら若干、俺以外が知ってしまうのは惜しい気持ちも、遅れてじんわり湧いてきたが……。

『可愛い』を共有できない了見の狭さじゃ、俺もまだまだだな。

「……晴間くん？」

「ああ、ごめん。ちょっとぼんやりしてた」

雨宮さんに呼ばれて我に返る。

俺は安心させるように笑って「変じゃないから。雨宮さんが可愛くて素敵だから、みんなに見られているんだよ」と諭す。

「す、素敵なのは晴間くんだよ！　私は助けられてばっかりで……今日も私が恩返ししなきゃいけないのに、こんなにもったいない格好させてもらえて、本当に素敵すぎてどうしようって」

「んー……まあ、hikariが素敵女子なのは万国共通の常識だからな」

「ちが……っ！　う、ううん、違わないんだけど！　hikariさんが素敵なのは確かにそうなんだけど、そうじゃなくて……！」

雨宮さんはうんうんと唸って頭を抱えてしまった。

苦悩する雨宮さんも可愛いなあ。

「ほら、悩んでいたらケーキがなくなるぞ？　ただでさえ遅く来たから、数減っているみたいだし」

「あ！　た、大変……！」

雨宮さんはぴょこんっと、ゆるふわな三つ編みを跳ねさせて立ち上がった。

俺たちは連れ立ってビュッフェコーナーを品定めしていく。

大振りのイチゴがツヤツヤ光るストロベリータルト、濃厚なカカオの香りを漂わせるガトーショコラ、こんがり焼けたバスク風チーズケーキ、しっとり食感が味わえるだろうミルクレープ、ふわふわの食感が楽しめそうなシフォンケーキ……と、種類は目移りするほど豊富だ。クッキーやマフィン、シュークリームなどもある。

そのどれもが小さめのサイズで、いろんなスイーツをより多く楽しめるようになっていた。

ティーバッグの紅茶やコーヒーも、セルフでお代わり自由らしい。

なるほど、これは人気が出そうだな。

「あれ？　雨宮さん？」

だが雨宮さんは、「私を選んで！」とアピールしてくる魅惑的なスイーツたちを総スルーし、飲み物を取りに行くでもなく、なにやら忙しなく視線を走らせている。

「あった！」

そうかと思えば、一番端の人集りのできている一角へと駆けていった。

なにかお目当てのものが？　と、後を追おうとして……止めた。

ビュッフェは自分の好きなものを好きなように取るのがいいのであって、俺がカルガモの親子のように雨宮さんについて回ったら、彼女が好きなものを取り辛いだろう。

万が一にでも雨宮さんに鬱陶しがられたら俺は死ぬ。

スイーツ店で死ぬ。

俺も俺でケーキをいくつか四角いプレートに乗せて、先に席で待っていることにした。

雨宮さんはお目当てのスイーツをゲットするため、なにやら列に並んでいて、なかなか戻ってこない。

あそこだけライブキッチン仕様で、店員さんがひとりずつ手渡しするようだ。

いったいなんのスイーツなんだろうな？

「ねー！　これヤバくない!?」

「ヤバいヤバい！　超ヤバい！」

「マジヤバすぎ！」

並ぶ雨宮さんを遠目で見つめていたら、ヤバいしか言っていない騒がしい声たちが鼓膜を揺らした。

発信源は俺の席の後ろからだ。

内容をちょっと聞いていたら、おそらく俺と同年代くらいだろう女子高校生の集団が、映《ば》えるパンケーキで盛り上がっているみたいだった。

さすがにこういうところは陽キャ率が高いな。

雨宮さんが来ないと、さしもの俺も肩身が狭い……と気まずさを感じつつも、チラッと振り向いてみる。

「げっ」

そして振り向いたことを一気に後悔した。

若干聞き覚えのある声も交じっているなと思ったら、その集団は思いきりクラスメイトたちだったのだ。

なんでこんなところに……って、流行りものが好きな、クラスの中心的女子グループの皆さんだ。いてもまったくおかしくない。むしろここにいておかしいのは俺の方だろう。

慌てて俺は顔を背けた。

俺のような学校では空気同然の奴、顔すら認知されていなさそうとはいえ、バレたら後々面倒だ。

それなのに、背後からは「なになに、誰かいたの？」「うーん、たぶんなんだけど……」なんて会話が聞こえてくる。

嘘だろう？　俺のことを認知している女子がいたなんて。

しかもこの声って……。

「ごめんなさい、時間かかっちゃって」

ワンピースの裾を翻して、まさかのタイミングで雨宮さんが戻ってきた。

彼女の方はけっこう変身しているから、姿を見られてもわからないか？　向こうもいつの間にか別の話題に移ったようだし……。

変に動揺させたくはないので、雨宮さんにはクラスメイトの女子連中がいたことは告げないでおく。

それに俺は、雨宮さんが持つ一品に意識が奪われた。

「その皿のって、もしかして……」

「うん！　晴間くんが食べたがっていた『幻のどら焼き』だよ！」

俺の前に置かれたのは、丸皿を占拠する特大のどら焼き。

カステラ生地であんこを包んだ定番のものだが、大きさがとにかくでかい。生地も分厚ければあんこもぎっしりで、大食い選手権とかに出されそうなサイズだ。

『幻』ってそういうこと？

大きさの話？

ここで俺は、自分がどら焼き大好き野郎で、この『幻のどら焼き』を嬉々として食べにきた設定であることを、今さらながらようやく思い出した。

すっかり忘れていたが、目玉商品だったなそういえば……。

「もう材料が本日分品切れで、この一個で終了だったみたい」

「そうなんだ。人気なんだな、この凶器みたいなどら焼き」

「ギリギリ手に入れられてよかったなあって。晴間くん、すっごく食べたがっていたもんね。本当ならあと二、三個もらって来られたらよかったんだけど……」

いや、こんなんあと二、三個も食べたら俺の胃袋は破裂するよ。

どら焼き好きで有名な某猫型ロボットだって、これひとつで機能停止に追い込まれそうだよ。

だけど「ど、どうぞ召し上がってください」と、小さくはにかんで勧めてくる雨宮さんが、世界最後の日に救いをもたらす女神かというくらい可愛かったので、俺はどら焼き大好き野郎の設定を貫き通すことにした。

「ありがとう、雨宮さん。雨宮さんが並んでくれたおかげで、このめちゃくちゃ楽しみにしていたどら焼きが食えるよ」

「わ、私は本当に並んだだけだから……！」

「でもさ、想像の斜め上のサイズだから、ふたりで分けないか？」

本来は俺より、雨宮さんの方がどら焼き好きなはずだ。

ワゴンカーで受け取った時の笑顔は覚えているぞ。

それでも当然の如く、一個丸々を俺に譲ろうとする雨宮さんの心の清らかさよ。まさにエンジェル。

俺は遠慮する雨宮さんに構わず、ナイフでどら焼きを切って分けた。

ズブズブとナイフの切っ先が、どら焼きに沈んで見えなくなっていくのは笑えた。あんこの深海か。

「ほら、どうぞ」

「い、いただきます……わっ、美味しい！」

「本当だ、生地がいいな」

規格外のサイズに焦点が合いがちだが、味のクオリティは普通に高い。

一口食べるごとに、周囲に花を咲かせる雨宮さんがまた可愛かったな……。周囲の盗み見している男子たちもデレデレだった。

これで一歩、雨宮さんの自信に繋がるといいけれど。

なおいつの間にか、クラスメイトの女子集団は帰ってくれていたので、なんとか事なきは得たようだ。


「ここのスイーツ、どれもとっても美味しかったね」

「そうだな」

喉元まであんこやクリームでいっぱいだ。

それをダージリンティーで胃まで押し流し、俺たちは席を立った。

「弟や妹にも食べさせたかったな……」なんて呟いている雨宮さんと、使った皿をセルフで返却する。

「雨宮さん、きょうだいがいるんだな」

「あ、うん！　私は一番上の姉なんだ」

雨宮さんは長女。

新情報だ、記憶しておこう。

「えっと、晴間くんはごきょうだいとか……？」

「俺は一人っ子。でも従姉妹の美空姉さんは、ほとんど実の姉って感じかな」

「お、お会いしてみたいな、晴間くんのお姉さん」

「雨宮さんは……いい餌食になりそうだし、今はまだ会わない方がいいかもしれないな。姉さんは可愛い子相手には肉食獣みたいになるから」

「え、餌食に？」

などと他愛のない話に花を咲かせながら、俺たちは会計に向かう。

招待券のおかげで無料なため、お財布も取り出さず精算は終わった。

後は店を出るだけだったのだが、愛想のいい女性店員さんが「招待券には特典がございますよ」と付け加える。

「その券を使われたペアの方々には、当店のオリジナル雑貨をプレゼントしているんです。そちらの棚からお好きな物をふたつ、選んでお持ち帰りください」

店員さんが示したのは、入り口横に置かれた水色の棚だ。

主にスイーツをモチーフにした、アクセサリーやキーホルダー、小物などが並べられており、これらは概ね女性向けだった。

サービスがいいな、無料で食べられてお土産までもらえるなんて。

次はお金を払って来てもらおうという店側の戦略だろうが、ありがたく乗っかることにする。

「ラッキーだよな。雨宮さん、先に選べばいいよ。どれにする？」

「え？　ふたつとも晴間くんが使う用じゃないの？」

ああ、うん。

言いたいことは察せたけど、それは誤解を生むぞ、雨宮さん。傍にいる店員さんが不思議そうな顔を一瞬しましたよ。

確かにどれも、hikariが使えば完璧に似合うだろうけど……！

「そっち用は別にいらないから！　ただささ、ヘアメイクを手伝ってもらったココロさんには、お礼を兼ねてひとつは渡していいか？」

「うん！　それいいね！」

「あともうひとつは雨宮さんのだから、ほら先に」

促せば、雨宮さんはおずおずと俺を窺う。

「よかったら私の分も、晴間くんが選んでくれませんか……？」

また敬語が出ていることから、雨宮さんのほのかな緊張が伝わる。

おっと、可愛すぎてまた不整脈が。

「俺が選んでいいのか？」

「晴間くんも知っての通り、私ってそういうセンスがまったくないから……晴間くんが選んでくれたら、間違いないかなって」

……ここは「そんなことないよ」と否定してあげたかったが、森に帰った二匹のクマたちのことなどを思うと、俺は「そうだね」としか返せなかった。

その代わり、雨宮さんの可愛さを確実にレベルアップさせるものを、絶対にチョイスしてみせるからな。

「うーん、そうだな」

順番に、棚を上から吟味していく。

女性向けかと思いきや、よく見れば男性でも普段使いできそうなデザインのものや、ポツポツとスイーツモチーフ以外のものもある。

そして俺は、その中から「これだ！」というものをひとつ手に取った。

選んだのは、雫形のターコイズブルーの石がついたヘアピンだ。

落ち着いたブルーに慎ましやかな銀の装飾が、雨宮さんにピッタリだと直感した。ヘアピンならどんな場面でも使いやすいしな。

それに雨宮さんの下の名前が『雫』だから、ちょうどいいかなと。

俺は「これでどうかな？」と、雨宮さんにピンを見せる。

「きれい……」

「気に入らなかったら、別のものを選ぶけど」

「う、ううん、これでいい！　これがいいよ」

雨宮さんは頬を桃色に染めて、ピンを自分の掌の上に乗せる。「選んでくれてありがとう、晴間くん」と本当に嬉しそうにしていて、俺も気に入ってもらえてよかったと胸を撫で下ろした。

雨宮さんがピンをつけているところを想像してみたが、優勝です可愛い。

今度ぜひ見せて欲しい。

「じゃあ、雨宮さんのはこれで決定な」

あとはココロさん用に、ショートケーキとドクロマークをポップに象《かたど》った、キーホルダーをチョイス。

ケーキとドクロという、飲食店的にはギリギリアウトな組み合わせだが、ココロさんの趣味には合いそうだ。アクセサリー系はあの人、自分のこだわりが強いしな。ファンシーよりファンキーだし。

店員さんはわざわざ、ふたつを分けて小袋に入れてくれた。

お店のロゴが入ったその袋をひとつ、雨宮さんに「どうぞ」と手渡して、俺たちは今度こそ店を出た。


「……けっこうもう暗いね」

「店に入るのが遅かったもんな」

外はすっかり陽が落ちかけていて、茜空に夜の紫が滲みだしている。

スイーツ店も午後六時半で閉店らしいし、帰路に就くには今がベストだろう。

「さすがに口の中甘ったるいな……。スイーツはどれも美味しかったけど、なんか別のものとか食べたくならないか？　具体的にはラーメンとか」

「わ、わかる！　私もね、甘いもの食べたらラーメン食べたくなるの！　ふ、太っちゃうけど……」

「hikariアイズから見ても、雨宮さんはちょっと太っても問題ないと思うぞ」

「晴間くんにそんなふうに言われたら、遠慮なく食べちゃうよ……」

「ちなみに雨宮さんはラーメン、何味派?」

「は、晴間くんは?　せーので言おうよ」

「よし!　せーの」

そして見事に、俺と雨宮さんは「酸辣湯麺《スーラータンメン》」とハモった。

普通は醤油とか塩とか味噌じゃね?　と思うが、それ故の奇跡的な被りに、ふたりで笑い合う。

「あの酸味がクセになるんだよな」

「つい繰り返したくなる味だよね」

雨宮さんとは食の好みが合うらしい。

なんかいいなあ、こういう時間。

そんな平和なやり取りをしながら、ネオンが灯《とも》り出す街中を、俺達は再びアメアメ本社ビルを目指して歩く。

雨宮さんの着替えと化粧落としがあるからな。

俺としてはもう、美空姉さんには適当に言い訳しておくから、コーデ一式そのまま持って帰ってくれても……と思うのだが、雨宮さんが百二十パーセント断ることは目に見えている。

強引に物を押し付ける行為はいかん。

変身を解くのは勿体ないが、もとより雨宮さんが可愛いのに変わりはないんだ。

今後はもっと自信を持って、ぜひ己の可愛さを自覚して欲しい。

雨宮さんは俺の自意識過剰っぷり（御影やココロさん談）を多少は見習うべきだよ、うん。

「……あの、ね。晴間くん。改めて本当にありがとうございます」

あと数歩行けばビルに着くところ。

そこで雨宮さんが立ち止まり、かしこまってなぜか俺に頭を下げてきた。

「どうしたんだ？　いきなり」

「今日の格好のことや、公園で助けてくれたことだけじゃなくて、その前からずっと……」

「その前から？」

「い、今が機会だから、言っちゃうね。晴間くんってよく、私が引き受けた日直のお手伝いとかしてくれているよね？　黒板を消してくれたり、花瓶の水を替えてくれたり」

「え、気付いていたのか」

コクン、と首肯される。

マジか。

以前に屋上でこぼしていた『知らないふり』とは、どうやらこのことだったらしい。

俺のちっぽけな矜持《きょうじ》を慮《おもんぱか》り、雨宮さんはわざわざ俺のお節介を、知らないふりしてくれていたと……俺めちゃ恥ずかしい奴じゃん……。

今すぐ冷たい川とかに飛び込みたい。

「あんなふうに誰かに気にかけてもらえたこと、初めてだったからすごく嬉しくて……いつか晴間くんと仲良くなれたら、きちんと『ありがとう』を言いたかったの」

「雨宮さん、ずっとそんなことを考えて……？」

「う、うん」

なんてこった。雨宮さんの可愛さは天井知らずか？

でもそれなら……。

「俺も礼を言いたいこと、あるよ。hikari の正体が俺だって残念極まりない事実を知っても、引かないでくれてありがとうな」

学校の屋上で、腹を括って俺の正体を明かした時の、雨宮さんの色眼鏡のない反応。

あれ、地味に嬉しかったんだ。

幼馴染みの御影も hikari の正体は知っているわけだが、アイツはそれこそ女装するに至った経緯も幼い頃から理解しているから、俺の中では例外だ。

女装に加担したアメアメのスタッフさんたちも、プロとして『hikari』を見ているだけだからこれもまた例外。業界だと、女装はそこまで珍しくもないしな。

ただ……御影や業界関係者以外の、言うなれば『一般人の第三者』に明かしたのは、雨宮さんが初。

明かしたというか、半分バレた形だけどさ。

その事実を含めての『晴間光輝』を、あんなにあっさり受け入れてくれたのも、雨宮さんが初めてなんだよ。

「ひ、引くわけないよ！　尊敬しかないのに……！」

「雨宮さんはそう言ってくれるよな」

「当たり前だよ！　晴間くんはとっても優しくて、hikariさんになったら誰よりも可愛くて、すごい人で……わ、私は、そんな晴間くんのことが……っ！」

雨宮さんがぎゅっと白い指先を握りしめて、なにか必死に伝えようとしている。唇の震えから真剣さが伝わってくる。

空の赤と紫のコントラストが、そんな彼女の小柄な輪郭を際立たせていた。

——俺のことが、なんだ？

だけどその続きを聞くことは、残念ながら叶わなかった。

「やっぱり、光輝くんと雫ちゃんじゃーん！　デートは終わったの？」

なんて、能天気なロリ声が割って入ってきたからな！

後ろから走って現れたのは、赤リボンとサイドテールを靡かせるココロさんだった。

体に合わない大きなバッグを肩から掛けていて、他所での仕事帰りなのだとわかる。俺たちと同じでアメアメ本社に戻るところなのだろう。

しかしながら、タイミングは最悪だ。

じっとり怨念を込めた目を、俺はココロさんに向ける。

「え!?　なになに、光輝くんその目！　どんな目!?」

「いや、空気は読んで欲しかったなあって……」

「ウソ！　あたしったらやらかしちゃった？　空気読めないことしちゃった？　やだやだ、睨まないで！　怒ってる？」

「誠に申し訳ありませんが、ただ今の僕は殺意に似た感情を抱いておりますね」

「そんな丁寧な殺意の申告ある!?　ごめんって！」

「俺と雨宮さんに酸辣湯麺、奢ってくれたら許します」

「なんで酸辣湯麺!?」

「……冗談ですよ」

確実にココロさんが、雨宮さんの発言の邪魔をしたことは明白だが、軽口はこのくらいにしておこう。傍から見たら、小学生女児をイジメているヤバい図だからな。

もう先ほどの話は続けられそうにないし、切り替える他ない。

雨宮さんも可哀相に、口をパクパクさせて固まっていたが、やがてハッと我に返ったようだ。

「コ、ココロさん！　素敵な髪型やメイクのおかげで、今日は一日楽しかったです！　プロのアーティストさんの技に、とてもその、感動させて頂いたというか……」

「やだ、雫ちゃんたらイイ子ね！　うちの子にしちゃいたーい！」

「わわっ！」

むぎゅっと、雨宮さんに抱き着くココロさん。雨宮さんはワタワタもがいているが、そのもがき方すら可愛い。

「デート終わったところなんでしょっ？　本社でお着替えとメイク落とししようね？　いいところ邪魔しちゃったお詫びに、ココロおねえさんがお化粧後のケアについても教えてあげる！」

「ケア？　とかあるんですか……？」

「あるよ、ここが一番大事！　怠るとせっかくのツヤツヤお肌がダメになるからね！　光輝くんのためにも美肌は守らなくちゃ！」

「っ！　が、がんばります！」

「その意気だよ！」

ココロさんは雨宮さんの手を取って、ぐいぐい引っ張って歩き出す。

俺も遅れて後を追った。

それから本社にて、ココロさんの手も借りてテキパキ迅速に、雨宮さんの変身は解かれていった。

二匹のクマも森からリターン。またお前たちに会うことになるとはな……。

しかもなんと、ココロさんは高品質なスキンケアグッズを、「仕事先でもらった試供品だから！　もらってくれた方が助かるの！」と言いくるめて、遠慮がちな雨宮さんに渡した上、マイカーで家まで送ってくれるというのだ。

「ついでだ、乗っていきな」

赤のBMWに寄りかかりながら、ココロさんはキメ顔を披露する。

「すごい、カッコいいです……！」

よい子な雨宮さんは素直に目をキラキラさせていたが、俺は過去にも同じおふざけをされたのでスルーした。

ココロさんが「もっと光輝くんもかまってよぉ、ねぇねぇ」とウザ絡みしてくるので、ここでケーキ&ドクロのキーホルダーを渡すと、大袈裟に喜んでやっと車の鍵を開けてくれた。

運転席にはココロさん、助手席には俺、後部座席には雨宮さん。

車内に流れるのはオシャレな洋楽。

縮こまって座る後ろの雨宮さんが、少しでもリラックスできるよう、時折彼女に話も振りつつココロさんとくだらない会話を交わす。

途中からはココロさんのスキンケアお役立ちトークになって、雨宮さんとふたりでほうほうと真剣に傾聴していた。

スキンケアの大切さ、俺もわかるぜ。

hikariの玉のお肌は守り抜かなきゃな。

そうこうしているうちに、真っ赤に輝くボディの車は、無事に見知った家の前で停止した。

「よし、着いた！」

「ありがとうございました、ココロさん」

道順的に、先に着いたのは俺の家だ。

車から降りれば、すっかり辺りは暗くなっていた。

「雨宮さんも明日、また学校でな」

「ま、また明日！」

窓越しに手を振れば、バイバイと控え目に振り返してくれる雨宮さんの可愛さ、人類を救う。

今は変身が解けていても、やっぱりどんな格好でも雨宮さんは可愛かった。


「――はあ、今日は充実した一日だったな」

夕食と風呂を済ませ、自室のベッドにゴロリと転がる。

俺の部屋は簡素なパイプベッドに古い勉強机、クローゼットや本棚があるだけの、一見すると面白みのない地味さだ。

だがクローゼットの中からたまに女物の服が出てきたり、ベッドの下にはエロ本ではなくhikariの載ったファッション誌が仕舞われていたり、勉強机にメイク道具が置かれていたりと、わりと魔境である。

これがたまにファンの方から頂く、『hikariちゃんのお部屋が見てみたいです♡』の答えだ。

なにも映えない女装男子の部屋ですまん。

「……ん？　メッセージか？」

寝巻き用のグレーのスウェット。そのポケットに入れていたスマホが、軽く振動していた。

取り出してみれば、雨宮さんからのメッセージが届いていた。

『今日はとっても立川です。

いろいろアミノ酸がとう。

晴間くんさえよければ、まみゃ晴間くんとアコギにいきたいです』

……うん、上司宛のような固い文面は緩和されたけど、誤字がすごいことになっているぞ。

立川さんって誰だ？

アミノ酸？

アコギってアコースティックギターのことか？

いや、それとなくなにを書きたかったのかは、わからないでもないけれど……。

すぐにスマホがまたもや振動し、『ごめんなさい！　誤字です！』『正しく送りたかったのはこちらです！』と、雨宮さんから訂正文が送られてくる。

『今日はとっても楽しかったです。

いろいろ蟻がとう。

晴間くんさえよければ、また晴間くんと遊びにいきたいです』

また一ヶ所誤字っているが、もういいよオーケーオーケー。

可愛いから全部許す。

俺は『俺も楽しかったよ。またぜひ行こう』と返信を打ちながらも、ココロさんの登場で聞けなかった言葉の続きを、ここで聞いてしまおうか悩んだ。

「うーん……だけどなあ」

雨宮さんは勢いで言おうとしたみたいだし、下手に聞くのは困らせてしまうか？　メッセージで聞くというのも無粋かもしれない。

でもなんて続けようとしたのかは気になるな……。

いやいや、流すのが正解か？

けど気になる……。

グルグルと思考が回り、考えれば考えるほどわからなくなってくる。

「あー、くそ！」

結局、俺はそのことを聞くのは安全策を取って断念し、ポツポツと雨宮さんとメッセージのやり取りをしたあと、さっさと電気を消して寝ることにした。

明日は学校だしな。

だけど……どうも今夜は、眠れそうにない。

# Side A　雨宮さんの迷走

「――わ、私は、そんな晴間くんのことが……っ！」

あれ？

ええっと、あれ？

私は今、なんて言おうとしているんだろう？

実はこの瞬きの合間の数秒間、私は大パニックに陥っていた。

だって勢いだけで口が動いて、晴間くんになにを告げようとしているのか、自分でもわからなかったから。

きっと大切なことなんだとは思う。

でもそれって、今伝えちゃってもいいことなの？

わからない。

下手をしたらせっかく秘密を教えてもらって、一緒に出掛けられるようにまでなった関係が、一瞬で吹き飛んでしまいそうで怖い。

でも恐怖はストッパーには成り切らなくて、唇は勝手に言葉にしようとしている。

止まれない、止めて欲しい……！

……だから正直、ココロさんが遮ってくれた時は、私はかなりホッとした。この場で言わなくて正解なことだったんだと思う、たぶん。

「雫ちゃんも、なにか光輝くんに言い掛けていたところごめんね！　よくわからないけど、酸辣湯麺は今度奢るから！」

「い、いいえ、気にしないでください」

むしろココロさんのおかげで、私は助かりました。

アメアメの本社に、ココロさんに引っ張られて向かいながら、さっきのことはいったん頭の隅っこに追いやることにした。

晴間くんも、気にしていないといいけど……。

そのあとは服を着替えて、メイクも丁寧に落としてもらって、恐縮なことにココロさんにスキンケアグッズまでもらってしまった。

しかもココロさんの車で、晴間くんと一緒におうちまで送ってもらうことに！

緊張しながら後ろの席に座った私に、助手席の晴間くんは振り返りながら「安心していいよ、雨宮さん。ココロさんは見た目こんな感じだけど、運転上手いから」と冗談めかして言ってくれた。

たぶん、私がリラックスできるように気を遣ってくれているんだよね。

すかさずココロさんが「こんな見た目ってなによー！」と返す。

「こんな見た目でしょうが。知り合いに写真撮られて、『運転する幼女』ってタイトルで業界中に回っていましたよね、前」

「あれ撮った奴は締め落としたよ」

「ご愁傷様《しゅうしょうさま》です……」

「同情するなら私の方でしょ！　これでもゴールド免許なんだからね！」

「でも毎回免許センターでぎょっとされるんでしたよね」

「いい加減慣れて欲しいよ、まったく！」

楽しそうな会話。

……いいなあ、ココロさん。晴間くんと仲良しさんで。

今日一日で、晴間くんと少しは仲良くなれたかなと思い上がっていたけれど、私はまだまだみたい。

ココロさんは見た目は可愛らしいのに、大人の女性のカッコよさもあって、明るく親切で素敵な人だ。

正確な年齢は聞いてないけど、二十歳くらいなのかな？

私も……ココロさんみたいになりたいな。

なれたら、晴間くんともっと仲良くなれるよね。

そんな思いで、途中から始まったココロさんのスキンケアお役立ちトークも、物凄く真剣に聞いていた。

一言一句漏らさず聞いていたら、いつの間にか晴間くんのおうちに着く。

私の家と違って、立派な洋風の一軒家。

雨漏りもしなければネズミもいなさそう。

「雨宮さんも明日、また学校でな」

「う、うん！」

車を降りて手を振る晴間くんは、暗い中で家の明かりに照らされている効果もあってか、とっても眩しい。

晴間くんはhikariさんに変身すれば可愛いけど、普段はカッコいいよね。

本当に、晴間くんはすごい。

「雫ちゃんってさ、光輝くんの同級生なんだよね？　学校での光輝くんってどんな感じなの？」

ふたりだけになった車内で、ハンドルを捌きながらココロさんがふと質問をしてきた。

車のスピーカーからは男性アイドルの曲が流れている。

さっきまでの洋楽は知らなかったけど、これならわかる。スーパーの店内でかかっていた流行りの曲だ。

それより、ええっと、学校での晴間くんは……。

「ク、クラスの中心人物って感じではないんですけど、人をよく見ていて、存在感がないのにあるっていうか、あるのにないっていうか……」

なんだか間違えて失礼な言い回しになった上に、意味不明な回答になっちゃった。

もっとぴったりな表現があるはずなのに、これじゃあ支離滅裂だよ。

だけどココロさんには伝わったようで、「そっか、そっか！　よくわかった！」なんて軽やかに笑っている。

わかったならよかった、のかな？

「ところで話は変わるんだけどさ、雫ちゃんってモデルとか興味ない？」

「モデッ……！」

まさかの問いに素っ頓狂な声をあげてしまう。

モデルって、モデル？

hikariさんと同じように、ブランドの顔としてお洋服を着て、写真を撮られてサイトに載って……ってことだよね？

「む、むりむりむりむり、無理です！」

首を激しく横に振る。

私がモデルなんて身の程知らずもいいところだよ！

「まあ、今は無理ってなるだろうけどさ。雫ちゃんならイケると思うんだよねぇ、hikariの相方役も」

「hikariさんの相方……？」

「うちの社長、つまり光輝くんの従姉妹のお姉さんね。彼女がさ、hikariとセットで活動する新しいモデルの子を、前々から探しているの。お眼鏡に適う子がなかなかいなくて困っていて」

それは難しいだろうなと、私も納得する。

だってさ、hikariさんに並ぶくらい可愛くなくちゃいけないんだよ？　そんなの難題すぎるよ。

「やっぱりどう考えても私には……」

「未来の話だって！　もし雫ちゃんがその気になったら、光輝くんに言うでもいいし、あたしに連絡するでもいいし、ぜひ教えて欲しいな！　その時はあたしからも推薦するから」

「す、推薦!?」

「これ、あたしの名刺。一応渡しておくね」

車が赤信号で止まった時に、ココロさんはどこからともなく名刺を取り出して、サッと私に差し出した。

真っ赤なカードに、星やドクロマークが散っている。

人生初の名刺をおずおず受け取る私に、ココロさんは楽しそうに言った。

「あの光輝くんがさ、女の子に純粋に『可愛い』って言うの、あたしは初めて聞いたよ。他のモデルさんとだって仕事柄会うけど、光輝くんは『でも俺が一番可愛い』が定型文だったから。だから雫ちゃんは、もっと自信持てばいいよ」

「自信かあ……」

粗末なベッドに転がって、ココロさんの名刺を電球の明かりに透かす。

ココロさんはああ言ってくれたけど、私にはモデルなんて一生無理だろうから、いろいろよくしてくれたのに申し訳なくなる。

hikariさんのいる、キラキラ光り輝く世界で……晴間くんの隣に立てることには、夢見ちゃうけど。

「……そうだ、晴間くんに今日のお礼メッセージを送らないと」

名刺は枕元にひとまず置いて、青いパジャマのポケットからスマホを取り出す。

何度もお礼を言うのは鬱陶しいかなとも悩むけど、何度言っても言い足りない。

お、送ってもいいよね？

『メッセージは勇気を持って小まめに送るべし！』って、hikariさんが表紙を飾った雑誌の、『気になる彼と仲良くなる方法』って特集ページにも書いてあったし！

「前に送った文面は固すぎたから、もっと気さくな雰囲気で……ま、また遊びに行きたいとか、書いちゃっても大丈夫かな」

文章を入力しては消してを繰り返す。

どうせならどんなメッセージを送ればいいのか、それも雑誌に書いておいて欲しかったよ。

「厚かましくないようにさりげなく……こ、こんな感じ？　あれ、変換がおかしい……あっ！」

内容ばかり試行錯誤していたら、気付けば誤字だらけのひどい文が生まれていた。急いで修正しようとして、手が滑ってそのまま送信ボタンを押してしまう。

「ああっ！」

私のバカ！

急いで『ごめんなさい！　誤字です！』『正しく送りたかったのはこちらです！』と謝罪して、今度こそ打ち直した訂正文を送る。

その訂正文にも送ったあとに誤字が発覚して、なんかもう土に埋まりたくなったけど、晴間くんはあえてスルーして返信をくれた。

『俺も楽しかったよ。またぜひ行こう』

……晴間くんは、やっぱり優しい。

しみじみ感じると同時に、ココロさんに遮られて言えなかったことを、今聞かれなくてよかったと安堵する。

私自身でもわからないことなんて、答えようがない。

あの時私は本当に、なんて言おうとしたのかな？

スマホをシーツに投げて、枕をぎゅうっと抱いて悶々と考える。

明日は学校があるのに。

どうも今夜は眠れそうにないよ。

§

翌日の朝、俺は眠たい目をこすって登校した。

昨晩は結局ほとんど寝られず、一晩中スマホでネットサーフィンに興じていた。ひたすらhikari情報をエゴサするという……。

完全なる寝不足だ。

夜更かしはお肌の大敵だと、昨日ココロさんから伝授されたばかりなのにな。hikariがhikariであるために、モデル失格にならないように反省しなくてはいけない。

「おはよっす、光輝。えらい眠そうだな。美容のためとかで、いつも早寝早起きなお前が珍しい」

「おー、ちょっとな」

早朝でまだ人がまばらな教室内。

天パをふわふわさせながら、今日も爽やか王子様フェイスを引っ提げて、御影が俺の席までやってきた。

目敏い御影はすぐに俺の眠気に気付いたようだ。

雨宮さんとのことは追々話すとして、今は面倒くさいので理由は適当に流しておく。

「いくら眠くても授業中に寝るなよ。数学のノートは見せてやらないからな」

「わかってるよ。それより英語の課題やったか？　長文の答え合わせをさせてくれ、お前の答えなら間違いないし」

「光輝、英語は得意だから大丈夫だろ」

「逆に俺には英語しかない。このままだと夏休みは補習だよ、マジやべえ」

オールマイティー型イケメンの御影は運動も勉強も卒なくこなすが、俺は運動も並みなら成績も並み。

特に成績の方は極端で、英語が突出してよくて、数学が突出して悪いのでプラマイゼロだ。

英語の成績がいい理由は、美空姉さんが外国で仕事をすることもあって、英語ペラペラな彼女に鍛えられたからである。

そんな学生らしい会話の合間に、御影の彼女のノロケ話とかノロケ話とかノロケ話とかを聞かされていたら、ふと思い出したように御影が「そうだ、お前に話そうと思っていたんだった！」と手を打つ。

「街中のタワシ像からちょっと行ったところに、新しくできたスイーツ店があるのは知っているか？」

「えっ？　お、おう」

「ほら、なんか超特大の『幻のどら焼き』っていうのが、写真映えするとかで有名になっているところ」

ピンポイントな話題を出され、俺は机に頬杖をついたまま体を強張らせる。

『幻のどら焼き』が超特大なことは周知の事実だったのか。映え系スイーツだったんだな、あれ。

「ソノドラヤキガドウシタンダヨ」

「なんでカタコト？　下駄箱の前でさっき、うちのクラスの女子たちが喋っていたんだけどさ。昨日女子たちがそのスイーツ店に行ったら、なんでも『hikari 並みに可愛い子』がいたらしいぜ、そこに」

俺は気のないフリをして「へえー」と返す。その『hikari 並みに可愛い子』とは、百パーセントの確率で雨宮さんのことだろう。

hikari と可愛いさを同列で語られる女子が、そこらにホイホイいるはずない。

昨日の雨宮さんの天地開闢《かいびゃく》級の可愛さを見て、クラスの女子たちが噂をしていたというところか。クラスメイトだというのに、正体が雨宮さんだとはやはり誰も気付いていないようだ。

俺のことに気付いた相手もいたはずだが……彼女たちの会話の中では、たぶん存在を亡き者にされている。

「反応薄いな。いいのかよ？　光輝」

「は？　なにがだよ」

「なにがって……」

御影はなぜかチラチラと俺の様子を窺っている。

意図がまったくわからない。

「『hikari 並みに可愛い』とか言われているんだぞ？　いつものお前だったら、即座に『自分可愛い最高モード』に突入するじゃないか」

「前から思っていたんだが、そのモード名はさすがに変えてくれ」

「ピッタリだろ。モードに入ったら『まあ、俺より可愛いなんてことはねえだろうけどな』なんて、自信過剰な台詞を吐くはずだろう。あの腹立つやつ、今日は言わないのか？」

「お前は俺をなんだと思っているんだ？」

「大事な親友だと思っているぞ。ちょっと病気持ちの」

「ありがとう。俺も御影のことは一番の親友だと思っているよ。いつかその整った顔面をぶん殴ってやるから覚えとけ」

軽口はこのへんにして、俺はフッと悟った表情を浮かべる。

「hikariが……俺が世界一可愛かったのは、もう過去の話さ。俺はもう一番じゃない、二番目なんだ」

そう、世界で一番可愛いのは雨宮さん。

その事実が立証されてから、hikariは世界で二番目になってしまった。だが悔しさはない。

雨宮さんの可愛さの前には、hikariすら膝を折るしかないのだから……。

「はっ!?　いやいや、え!?」

「うるさっ！　声のトーン抑えろよ、御影」

「これが抑えていられるか！　どうしたんだ光輝、悪いもんでも食ったのか？　お前がそんな謙虚な発言をするなんて……！　熱でもあるんじゃないのか!?」

大袈裟に動揺した御影は、俺の額に手を当てて来ようとする。

止めろ、熱を測ろうとするな。

悪いもん食ったって、心当たりは巨大などら焼きを胃に詰め込んだことくらいだよ。

「ひとまず保健室に行こう。それか悩みがあるなら親友のよしみで俺が聞くぞ。自分の可愛さを二番目なんていうお前、正気じゃない」

「至って正気だわ」

いや、最初から正気じゃないかもしれないが、とにかく俺は正気だ。

正気で雨宮さんの可愛さに骨抜きにされている。

噂をすれば、教室のドアがガラ……と控えめな音を立てて開き、雨宮さんが登校してきた。彼女にしては来るのが遅い方だ。

眼鏡越しの目をとろんとさせて、眠そうにしているのは気のせいか？　俺と同じで夜更かしだったのだろうか。

いや、そんなことよりも……。

「……あのヘアピン」

俯きがちに歩くところや、分厚い眼鏡はいつも通り。

だけど普段なら雨宮さんの可愛い顔を覆っている、重たくて長い前髪は、昨日のように横分けにしてピンで留められていた。

――俺がスイーツ店で選んだ、あの雫形の青い石がついたヘアピンだ。

「あっ」

俺の熱視線に気付いた雨宮さんが、おどおどしながらも顔を上げて、俺に向けて小さく微笑んだ。

道端に咲く可憐な白い花のような笑顔。

恥ずかしそうに片手でピンに触れながら、唇は確かに「おはよう」と動いた。

それからそそくさと、頬を染めて逃げるように自分の席に向かっていく。

その一連の動作を見つめていた俺は――ズシャリと崩れ落ちるように、机へと突っ伏した。

「こ、光輝っ？　突然どうした!?」

「hikariとして世に名を残せた……いい人生だったなあ」

「し、死にかけている……！　今の一瞬でいったいお前になにがあったんだよ!?　おい光輝、死ぬな光輝ぃ！」

御影がなにか叫んでいるがもうダメだ。

雨宮さんの可愛さで心肺停止。

だが本望だ。

こちらを心配そうに窺う雨宮さんに二度殺され、俺は改めて『可愛い』が持つ威力の凄まじさを、身をもって痛感するのであった。

# 第四章　もうひとりの美少女

おさらいするが、俺は世界一……いや、雨宮さんというダイヤの原石ガールの台頭により、今となっては世界で二番目に可愛い美少女だ。

だがこれは、女装してhikariになったらの話。

女装しなければ、俺はどこにでもいるただの地味男であり、学校の教室での存在感は、希釈水で薄めたファミレスのドリンクバーのコーラより薄い。ほぼ水だ。

モブキャラもいいところで、女子には名前さえまともに覚えられていない。

むしろ人気者な御影の親友をさせてもらっているため、「御影くんにくっついている邪魔なホコリ」と思われている節だってある。

世知辛い。hikariは女子からも憧れの的だというのに。

そんな訳で俺はけっして、クラスメイトの女子から、積極的に迫られるような立ち位置にはいないのである。

いないい、はずなのだが……。

「おーい、聞いているのかな、ハレマくんっ？」

ここは教室で、時間は昼休み。

俺はこれから、御影と購買でパンを調達して、教室で平和にランチタイムを送るつもりだった。

普段の俺の昼飯はコンビニか購買、この二択のどちらかだ。

手製の弁当も俺の女子力スキルで作れなくはないが、単に面倒なので。

今日は購買で人気一位のハムカツエッグパンを手に入れるため、御影と必ず争奪戦を勝ち抜くと誓いも立てていた。

……だけど授業終了のチャイムと同時に、俺の席に来たのは御影ではなかった。

「ハレマくん、ハレマくんったら！」

俺の席の前で仁王立ちし、腰に手を当てて頬をぷっくり膨らませている女生徒の名は、雷架小夏《らいかこなつ》。

こういうあざとい仕草はぜひ、雨宮さんにやってもらいたいものだな……という個人的な欲望は置いといて、雷架はうちの学校の『三大美少女』のひとりだ。

スラリと伸びた健康的な手足。ドングリのようなくりくりした瞳に、唇の隙間から覗く尖った八重歯。栗色のショートカットは片方だけ、頭の上でちょこんと一房結んでいて、元気いっぱいな雰囲気だ。

髪留めは名前に掛けてか、キラリと光る稲妻マークの飾りつき。お気に入りなのだろう、教室でもいつもつけている。

性格は天真爛漫で、男女問わず友達の多いムードメーカー。

運動神経抜群なスポーツ少女でもあり、活躍も目覚ましい。

そんな圧倒的光属性の彼女が、こんなふうに俺にぐいぐい絡んでくるなど異常事態もいいところだ。

御影は離れたところから、目を丸くしてこちらの様子を見守っている。

助けてくれ、マイフレンド。

こんな時、どうすればいいのか俺にはよくわからないんだ。

「おーい、ハレマくん！　無視はよくない、よくないよー！」

「あ、ああ、悪い」

「ダメだよ？　そういう態度は『ウマ耳に豆腐』って言うんだから！」

もしかして『馬耳東風』と言いたいのだろうか？

えへんっ！　と、難しい言葉をさも使ったように胸を張っているが、思い切り間違っているからな。

雷架はこの通り、少々アホの子なのが玉に瑕《きず》だ。

さっきから俺のことも、確実に『ハレマくん』って片仮名で発音しているだろ。名前を間違っていないだけ、他の女子たちよりいいけどさ。

「ええっと……それで、俺になんの用だって？」

雷架の間違いはあえてスルーし、用件を尋ね直してみる。

俺の席にいきなり突撃して捲くし立ててきたので、正直これっぽっちも理解できていなかった。

「えぇー！　ちゃんと言ったのにぃ」

「だから悪いって。もう一回言ってくれ」

雷架は「あと一回だけだからね！」とますますむくれるが、むくれた顔も愛嬌があり、さすがの美少女っぷりだ。

『可愛さ』という一点においては、雨宮さんこそ最強ですが……。

ついつい意識を雨宮さんに向けていると、雷架がスウッと息を吸った。

そしてバカでかい声を張り上げる。

「ハレマくんと話したいことがあるの！　ふたりきりで！」

「……え？」

「とっても大事なことで、ハレマくんにだけ伝えたいこと！　だから放課後、校舎裏に来てねって言った！　以上！」

ニカッと八重歯を見せる雷架。

いやいや、以上じゃないだろう。

教室中に響き渡った雷架の言葉に、周囲はにわかにザワザワする。

「おい、聞いたか……？　雷架が晴間を、よ、呼び出し!?」

「告白？　まさか告白なのか？」

「晴間の野郎……どんな手を使えばそんなミラクルが起きるんだよ！　雷架はうちのクラスのお馬鹿系アイドルなんだぞ！」

「待て、早まるな！　まだ告白と決まったわけじゃねぇ……！」

などと失礼なことをほざいている男子勢。俺はなんの手も使ってないからな。

「うっそ、小夏ったらどうしちゃったの!?」

「なんで地味男な原牧《はらまき》と？　あれ、原見《はらみ》だっけ？」

「三文字だったと思う！　小夏がああいう、ぼんやりしたのがタイプだったなんて……相談してよ！」

「ねっ、絶対に『考え直した方がいい』って言うのに！」

などとより失礼なことをほざいている女子勢。お前らは俺の名前をそろそろ覚えてくれ。

SS級の美少女が、地味男にとんでもない申し出をするものだから、軒並み阿鼻叫喚じゃないか。

「それでハレマくん、お返事は？『はい！』って元気に答えてね！」

しかも断る選択肢はないらしい。

頼みの綱の御影に、口の動きだけで『た・す・け・て・く・れ』とSOSを送ったら、

『む・り』と無情にも返ってきた。

俺たちの友情もここまでのようだな。

「はあ……わかったよ、放課後に校舎裏な」

「うんうん、それでいいの！　とってもとっても大事な話だから、くれぐれもすっぽかさないでね！　約束！」

大輪のヒマワリのように笑って、雷架は小指を差し出してくる。指切りげんまんを求められているのはわかったが、こんな状況でできるか！

俺が小指を絡めないでいると、雷架はあっさり退いて女子の群れに戻っていった。

さっそく女子たちから質問攻めにあっているが、持ち前の天然っぷりでかわしている。周囲の騒ぎなどどこ吹く風だ。

パチリと、そこで雨宮さんと目が合う。

俺の方をハラハラしながら窺う彼女は……今日もあの、雫形のピンをつけてくれている。三日前にふたりでスイーツ店に行ってから、毎日だ。

気に入ってくれたようでよかったし、やっぱり似合っていて可愛い。

目で必死に「晴間くん、大丈夫？」と尋ねてくる雨宮さんに、俺はコクリと頷きを返した。

俺のことをまともに心配してくれるのは君だけだよ……。

しかし、まさか本気で告白じゃあるまいし、雷架は俺になんの用なんだか。面倒事が起きそうな予感に、俺は項垂れて頭を抱えるのであった。


雷架と約束した放課後になるまで、教室での俺は針のむしろだった。

誰もあえて直接話しかけてはこないが、ヒソヒソと露骨に噂されているし、「なんでお前が雷架と……」という男女双方からの圧力も受け続けた。

せっかくゲットしたハムカツエッグパンも心から味わえない、辛い環境。

爆弾を落とした張本人である雷架は、大口を開けて特大メロンパンをかじっていたというのに……。

俺がなにしたっていうんだ。

「なあ、これから校舎裏に行くんだろう？　お前ひとりで平気か？」

『やっと』という気持ちと、『もうか』という気持ちで、訪れた放課後。

疲れた顔でスクールバッグに教科書を詰める俺に、御影が好奇心たっぷりにそう問いかけてきた。

絶対に面白がっているな、コイツ。

「平気もなにも……雷架が『俺ひとりで来い』って脅すんだから、ひとりで行くしかないだろ」

「俺もこっそり様子見でついていくとか」

「却下。それはさすがに雷架に悪いし、俺も嫌だ」

「そうか残念」

「本音漏れているぞ」

御影も本気で提案したわけではないのだろう。

イケメンオーラを散らしながら「冗談だって」と笑う。

「でも俺が行かなくても、クラスの奴等は絶対に隠れて様子を見に行くぞ？　すでに何人かそんな計画を立てているっぽいし。聞かれたくない話なら、雷架もあれだけ大声出さなきゃいいのに」

「マジそれな。おかげで被害は全部俺だ」

「まあ、あの雷架なら仕方ないけどな」

雷架のぶっ飛びっぷりは普段から凄まじいので、女子には紳士的な御影ですらこの言い様だ。

しかしなにも、俺も対策なしというわけじゃない。

バッグに入れようとした数学のノートを、御影の前で左右に振ってみせる。

「だからこのノートを破って、『待ち合わせ場所を変えよう』って内容のメモを書いたんだよ。それを周りにバレないように、なんとか廊下で雷架に渡したんだ。落ち合うのは校舎裏じゃねえよ、もう」

あとはこのまま、俺が気配を消して教室を出るだけだ。雷架の姿はすでにない。

彼女には『放課後になったと同時に、全力で走って新しい待ち合わせ場所に行け』とも指示してあるので、誰かに後をつけられるようなこともないはずだ。

雷架、体育の百メートル走で十一秒台だしな。

まさに稲妻のごとき走り。

俺の小賢しいとも取れる策に、御影は素直に感心している。

「光輝にしてはやるじゃないか。さすが、コソコソすることにおいてはプロフェッショナルだな」

「人を犯罪者チックに褒めるな」

誰にも正体を知られることなく、モデル活動をしていることを指しているんだろうが、その言い方では誤解を生む。

雨宮さんに知られたことは、タイミング逃してまだ伝えていないが……。

そういえば雨宮さんも、もう教室から消えていた。ずっと俺に話し掛けたそうにはしていたけど、結局お互いアクションを起こせずなんにも話せなかった。

雷架との一件を無事に乗り切ったら、雨宮さんに夜にメッセージを入れておこう。

「……うしっ、行くか」

帰り支度が整ったので、俺はバッグを肩に担いで教室を出る。

俺の動向を窺っている奴等はチラホラいるが、俺の方は影の薄さを武器に、追っ手を撒きつつ行くつもりだ。hikariで鍛えた尾行回避術を舐めるな。

御影に「武運を祈っているぞ！」と見送られ、いざ戦いへ。

変更後の待ち合わせ場所は、旧校舎の音楽室だ。なるべくわかりにくく、声のでかい雷架でも密談できる場所を選んでみた。

手筈通り追っ手をすべて撒き、ガラリとドアを開ける。

中は音楽室らしく、五線譜の書かれた黒板や、壁に掛けられた音楽家たちの肖像画があった。グランドピアノは新校舎の方に移動済みで、ピアノがあったであろう床にはくっきりと跡だけが残されている。

「――あ！　ハレマくん！」

窓際に立ってスマホを弄っていた雷架が、パアッと表情を綻ばせる。

全力疾走してきたはずなのに、その顔にまったく疲れは見えない。彼女はスマホをスカートのポケットに仕舞い、「ハレマくんったら遅い、待ったよー！」と元気に駆け寄ってくる。

「待たせた分、お詫びを求む！　購買で明日メロンパン奢って！」

「お詫びって……作戦通りなら、俺が遅れて来るのは仕方ないだろ。そもそも無理やり約束を取り付けたのは雷架だし」

「あれ？　そっか。じゃあ私がメロンパン奢らなきゃいけない方だ！　ごめんね！　奢ります！」

「いや、別にいらないけど」

いろいろ大丈夫かな、この子。

「メロンパンは嫌い？　ハレマくんはカレーパン派？　それともどら焼き派？」

「最後ブッ込んできたな。やっぱりどら焼きブームなのか……じゃなくて」

「ハレマくんって長くて呼びにくいから、今度から『ハレくん』って呼んでいい？」

「一字しか変わってねえし……でもなくて！」

とことんマイペースな雷架に、「早く俺になんの用事か言ってくれ！」と叫ぶと、雷架は「あ、そうだった！」と両手を叩いた。

一房だけ結んである髪がぴょんと跳ねる。

「この前の日曜日ね、夕方頃かな？　ハレくんって街中に新しくできたスイーツ店にいなかった？」

「……スイーツ店？」

「私もね、その日のその時間帯にクラスの友達と行ってたんだ」

予想外の方向から切り込まれ、俺は軽く動揺する。

あの店ってことは……例の後ろの席にいた、クラスメイトの女子集団か！

すっかり頭から抜け落ちていたが、俺に気付いた女子がひとりだけいたんだった。それが声的に雷架らしかったことも、綺麗サッパリ忘れていた。

どうすれば正解かわからないが、一応シラを切ってみる。

「ひ、人違いだろ」

「それはないの！　一瞬見えたあの顔、思い返してもハレくんだった！　確信持てたからこうやって呼び出したんだもん！」

「一瞬なんだろ？　よく似た他人の空似じゃないか？」

「歴史の偉い人の顔は覚えられないけど、クラスメイトの顔は絶対間違えない！　ザビエルと豊臣秀吉は間違えても、そこは自信ある！」

歴史上の方も覚えてやれよ。

ザビエルと豊臣秀吉、国籍からして違うだろ。

「……仮に俺だとして、それが雷架になんの関係があるんだよ」

「あるよ！　ハレくん、すっごく可愛い女の子と一緒にいたでしょ？」

雨宮さんの存在を引き合いに出され、俺はドキリとする。

クラスメイトは間違えないと豪語する雷架も、あそこまで化けた雨宮さんでは、さすがに正体まで判定不能のようだ。

そして雷架は「私にあの子を紹介して！」などと言い出した。

「紹介……？」

「うん！」

俺に告白どころか、まさかの雨宮さん狙いとは。

どんな理由で彼女を紹介して欲しいんだ？

俺の浮かべる疑問符に対し、雷架は唐突に「ところでハレくんって、私が何部か知ってる？　当ててみて！」とクイズを出してきた。

今の流れでなぜ部活クイズに？

コイツの投げる球はいつでも変化球だ。

「……陸上部じゃないのか？　あれだけ足が速いんだから」

「ぶっぶー！　陸上部からも勧誘受けているけどハズレ！」

腕で大きく×印を作る雷架。

これに正解しないと話が進まないらしい。

「じゃあバスケ部？　女バスが先週やった他校との試合で、雷架が土壇場でスリーポイントシュートを決めて大逆転したとか聞いたけど」

「あれは助っ人！　頼まれて試合に出ただけだよ！」

「わかった、テニス部だろ。いつだったか大きな大会で、お前の強烈なサーブが炸裂して優勝できたって……」

「あれも助っ人！　怪我で出られなくなった子の代わり！」

「水泳部か……？　サメのような泳ぎで、新記録打ち立てたって」

「それも助っ人だねぇ」

「柔道部とか？　隣のクラスの女子が痴漢被害にあった時、電車を出たところでお前が一本背負いで撃退したって武勇伝が」

「あれはテレビの武術講座を見て、見様見真似で試したら成功しただけだよ！　痴漢とか許せないよね！」

だったらお前は何部なんだよ!?

雷架の運動神経が人並み外れていることしかわからない。

他にも卓球部やバレー部からも、数々の伝説を聞き及んでいるのだが、正真正銘の化け物だな、コイツ。

「降参だから答えを教えてくれ」

ホールドアップすれば、雷架はピンクの唇をつり上げて「ふっ、ふっ、ふっ」と怪しく笑う。

「正解はー！　私は『写真部』です！」

写真部？

選択肢にすら入っていなかった部活に、俺は意表を突かれる。まず運動部じゃないのか。

「びっくりした？　これね、みんな驚くの！」

「そりゃ驚くだろうな。雷架の運動神経で写真部って意外すぎるし、そもそもうちの学校に写真部なんてあったのか」

「あるよー！　私が作ってすでに廃部寸前のやつ！」

「出だしから最終回じゃないか」

「人数合わせのために友達から名前借りているだけで、活動しているのは私ひとり！　実質の部員一名！　孤独な部活！」

そんな薄暗い事情を底抜けに明るく言われても……まあうちの学校、運動部は強豪揃いだけど、文化部はどこも弱小で印象薄いからな。

「勧誘とかはしなかったのか？」

「したよー！　したけど、私がどれだけピーアールしても、そもそも写真に興味あるって人がいなくて……友達にもみんな『名前を貸すだけならいいけど、活動まではちょっと』って断られちゃった」

雷架は結んでいる一房の髪を萎れさせて、しゅんと項垂れる。

ハムスターが丸まっているみたいだ。

雷架目的の男たちがこぞって入部してきそうな気もするが、そういう肉食系男子はすでに運動部が囲っているのだろう。

わざわざ写真部など入らなくとも、運動部を助っ人で渡り歩いている雷架なら、どこかの運動部にいるだけでお近づきにはなれる。

草食系男子は男子で、雷架の陽キャっぷりに憧れはしても遠くから眺めるだけ。大人しい系女子も、同じ理由で引き込み難そうだ。

確かに部員集めは難航するかもしれない。

「それで、お前が崖っぷち写真部なことはわかったけど、さっきの紹介がどうのっていう話は……」

「あっ！　私の撮った写真見る？　というか見て！」

雷架が大人しくなった隙に、本題に軌道修正しようとするも、すぐに調子を取り戻した彼女はクルリと身を翻す。そして適当に床へ投げ出されていた、キーホルダーだらけのスクールバッグをゴソゴソと漁り出した。

自由過ぎる。

ジャジャーン！　と雷架が取り出したのは、大判のアルバムだ。

「常に持ち歩いている、雷架ちゃんのベストコレクション！　ほら見て、これとか上手く撮れてない？」

雷架は俺にぎゅうぎゅうと密着してきて、アルバムを開いて見せてくる。スキンシップ過多というか、他人との距離感が恐ろしいほどゼロだ。

柑橘系の香りが栗色の髪から漂い、小振りだが形のいい胸が思い切り俺の肘に当たっている。

そこらの男子なら、この攻撃ですでにノックアウトだろう。

だけどこういう時の俺は、半分hikariスイッチを入れて虚無になる。世界の真理を悟った仙人の精神だ。

余談だがhikariの胸の膨らみは、『アメアメ』が下着ブランドとコラボした際に生み出された、高性能なカップでできている。誰でも理想の胸囲を手に入れられる、という謳い文句の秘密兵器。本当に余談だが。

雨宮さん相手だと、何故かささいな接触でも虚無になれないんだけどな……。

「こっちもどう？　夕暮れのお空を撮ったの」

「へえ、アングルや構図がすごいな」

目の前の写真たちに意識を戻す。

被写体は空を泳ぐ雲や道端の花、川の流れる様子などの自然がメインのようだが、素人の目にもよく撮れているなと思う。

雷架らしい、自由なアングルや構図がいい。

失礼ながらスポーツ分野以外で、雷架にこんな特技があったとは。

「へへっ、褒められた！　あと、これとねー！」

「おう、すごいけどいったんストップだ。お前の写真の腕前はわかったから、頼むから本題に戻らせてくれ」

「えー！　まだまだ見せたいのに！」

雷架はぶーぶーと不満そうにしているが、ついでに体もぐいっと引き離す。

さすがにこれ以上の脱線は勘弁願いたい。

「お前が紹介して欲しいっていう、あの子のことだが……」

「ハレくんと一緒にいためっちゃ可愛い子ね！」

「そう、あのウルトラベリースーパーミラクルオンリーワン可愛い子を、まずなんで紹介して欲しいか教えてくれ」

雷架の大きな目が、髪留めの稲妻マークと共にキラリと光る。

「それはねえ――その子に、私の写真のモデルになって欲しいからだよ！」

モデルって、俺＝hikariみたいな、だよな。

いや、俺の受けている仕事はファッションモデルだから、雷架が撮る写真のモデルとはまた違うのかもしれない。

「つまり写真の被写体をあま……ええっと、俺の連れの子に頼みたいと？」

「その通り！」

ここでようやく部活の話と繋がり、雨宮さんが写真のモデルを引き受けるか否かで、写真部の存続がかかってくるという。

「生徒会さんから『かんさ』？　っていうのが入って！　さすがに今の状態だと、部活としては認められませんって注意されちゃったの」

「ああ、部活動監査か」

うちの生徒会は前期と後期の一年に二回、部活動の実態調査を行う。

俺は帰宅部なのであまり詳しくはないが、部員数が規定より少なかったり、活動実績があまり認められなかったりすると、あっさり廃部にされてしまうそうだ。

昨年も『闇鍋研究部』とか『エクストリーム・アイロニング部』とか、謎の部活がいくつか潰されていたな……。

そもそもなぜそんな部を容認したのか。

雷架の写真部はそれらに比べればはるかにまともだが、『実質部員一名で活動実績なし』という現状が監査に引っ掛かったらしい。

「でもでも！　今からでも期間内に大きな実績をひとつ残せたら、部を続けてもいいって生徒会長さんが言ってくれたの！」

「チャンスをもらえたわけだな」

「うん！　それでなにか写真のコンテストで賞を取ろうと思って！　すぐに応募できそうな、学生向けのコンテストを探したんだけど……」

「だけど？」

「一番時期に合うコンテストの応募条件が、『被写体のメインは人物に限る』って」

ああ、ここまできたらさすがに、雷架の思考が読めてきたぞ。

「私は自然を撮るのが好きだから、人物はほとんど撮ったことなくて……」

「さっきの写真も人はいなかったもんな」

「挑戦してみようと頑張ったんだよ？　でもね、撮りたいものを見ると『これだ！』ってなって、こう、胸のあたりがビビビッー！　ってなるんだけど、人物を撮ろうって決めてから、なかなかならなくてさー！」

雷架は身振り手振りで、『ビビビッー！』という感覚について伝えてくるが、要約すると『撮影意欲を刺激する相手に出会えず困りました』ということだ。

このあたりの感覚は、ココロさんとかの方が共感できるかもな。

芸術分野ではそういう第六感も大切なのだろう。

そしてそんな雷架を、ビビビッー！　と痺れさせたのがおそらく……。

「どうしようって焦っていたところ、友達が気晴らしにって誘ってくれたスイーツ店で、まさか運命の出会いが訪れるとは！」

「運命の出会いなあ……」

「ハレくんの連れている彼女を一目見た時にね、ビビビッー！　ってなったの、ビビビッー！　って！」

「いやもう、ビビビッー！　はいいから」

「絶対あの子をモデルに撮りたいの！」

辿り着くまで長かったが、雷架の頼みの全貌はこれで理解できた。

ただこれは俺に頼まれても、ぶっちゃけ雨宮さん次第だ。

モデルを引き受けてもいいと、雨宮さんが頷かなければ、雷架には悪いが他を当たってもらわなくてはいけない。

雨宮さんに目をつけた点では、見る目があると言わざるを得ないがな。

「彼女には聞いてみるけど、断られたらそれまでだぞ」

「それでオーケーだよ！　無理強いはよくないもんね！　ハレくんが口説き落としてくれることには期待してる！」

「俺かよ」

「というか、あの子とハレくんのご関係ってなに？」

サラリと投げられた問いに、俺自身も一瞬「うっ」と言葉に詰まる。

――俺と雨宮さんの関係？

改めて聞かれるとなんだ……？

前まではただのクラスメイトだったが、一緒に出掛けてスイーツ店で巨大どら焼きまで食べたんだ。

さすがにそんな他人行儀な仲でもない、はず。

雨宮さんに他人扱いされたら死ぬが？

「……友達、かな。うん」

自分で口にした『友達』という響きに、なにやらむず痒さと物足りなさを同時に覚えたが、たぶん一番適切な答えだろう。

雷架は「お友達！　なるほど！」と納得したように頷く。

「いいなあ、私もあの子とお友達になりたい！　あ、ハレくんと私も今日からお友達ね！　連絡先交換しよっ」

「えっ？　お、おう」

再びスマホを出した雷架に、俺はあれよあれよと連絡先を交換させられた。

彼女のスマホカバーが、睫毛の長いキリンの謎キャラだったことは置いといて、これが陽キャのコミュニケーションスキルか……。

まさか雨宮さんに続いて、hikariの仕事以外で、女子の名前が俺のスマホに刻まれるとは。

「用件は伝えたし、私は行くね！　連絡待ってまーす！」

引き際はアッサリしたもので、雷架はアルバムを片付けるとさっさと去っていった。

このあとハンドボール部に顔を出さなくてはいけないそうだ。忙しない奴である。

「嵐が去ったな……」

雷架に掛けるなら『雷が去った』か。

俺ひとりになった音楽室には、温かいオレンジの陽が差し込んでいる。その陽を浴びながらどうしたものかと頭を掻いた。

問題は雨宮さんへの伝え方だ。

雨宮さんのことだから、最初は「私に写真のモデルなんて無理だよ……！」なんて可愛く遠慮して、でも雷架の事情を話せば「わ、私で力になれるなら……」と最終的には可愛く承諾してしまうだろう。

雨宮さんは自分の事情より、他人を慮る優しい子だからな。

だけど雷架も言っていたように、無理はさせたくないから難しい。

俺個人の欲望を明かすなら、雷架の写真モデルをする雨宮さんはぜひ見たいが……新たな可愛い一面が発掘されるかもしれん。

そして撮った写真を焼き増しして俺にくれ。

「とりあえず帰って考えるか……」

ここにいても日が暮れるだけなので、俺も音楽室を後にする。旧校舎の廊下を歩いていたら、前方の教室のドアから誰かが出てきた。

「雨宮さん……？」

「晴間くん……？」

現れたのは、ホウキを両手に握った雨宮さんだった。

あれこれ考える間もなく、ご本人登場だ。

「雨宮さんはなんでここに？　そのホウキは……」

状況を察する間もなく、掃除中だろうか。

だが今日の雨宮さんは日直担当じゃなかったはず。もしやまたクラスメイトから、旧校舎の掃除を押し付けられたのではないか。

そう危惧して確認するも、理由は想定と違った。

雨宮さんは「え、えっと」と気まずげに視線をさ迷わせる。

「隣のクラスの日直担当さんがサボって帰ったって、職員室で先生たちが話していて……代わりに手の空いている城田先生が『引き受けましょうか』って挙手していたんだけど、その、心配で……」

「城センかあ……それは確かに心配だな」

おじいちゃん先生にいらぬ掃除までさせたら、ホウキを掃いた瞬間に腰とかポッキリいきそうだ。城センは労らねば。

だから雨宮さんは自ら引き受けた、と。

精神がナイチンゲールだな。

「そういうことなら俺も手伝うよ。この後どうせ暇だし」

「えっ!?　あ、あのでも、また迷惑かけちゃうし……！　それに晴間くんは、雷架さんと用事があるんじゃ……」

雨宮さんの声は、雷架の名前を出したあたりからショボショボと萎んでいく。風船から空気が抜けていくみたいだ。

なんだか元気ない……？

「雷架との用事はもう済んだから」

「そうなんだ……えっと、雷架さんと晴間くんって……お、お付き合いとか……告白したりされたりとか……ご、ごめん！　差し出がましいよね！」

バッと可愛い顔を逸らす雨宮さん。

ん？

ちょ、ちょっと待ってくれ。

なんか誤解されてないか、これ!?

「俺と雷架はそんなじゃないからな！　付き合うとか告白とかないぞ！　一切ないんだ！」

「……そ、そうなの？」

「ああ！　断じて違う！」

俺自身でも引くくらい必死になって否定すれば、雨宮さんはどうやら信じてくれたようだ。「そっか、違うんだ……そっか」と、噛み締めるように呟いた。

緩んだ表情が神がかって可愛かったことは、歴史に記しておくとして。

ちゃんと誤解が解けたことに俺もホッとする。

「むしろ雷架に呼び出されたのはな、雨宮さんの話をするためだったんだ」

「わ、私？」

「掃除しながらでも詳しく話すよ」

もうこうなったら出たとこ勝負である。

ちょうどいいやと、自然に掃除を手伝う流れを仕掛けてみたのだが、雨宮さんは「私は掃除しているから、晴間くんは座って休憩しながら話してくれたら……！」なんて言い出した。

俺は貴族で雨宮さんは使用人か？

「いやいや、手伝わせてくれって！　俺たち……友達、なんだし。友達が頑張っているところを、手伝うのは当たり前だろう？」

「っ！　友達……！」

やはり口にしてみて、ほんのりむず痒さと物足りなさがない交ぜにやってくる。

この感覚はなんなのか。

今度、ココロさんにでも聞いてみようか。

「晴間くんと……私が……お友達……」

「嫌かな?」

「う、ううん! 光栄だよっ」

雨宮さんは雨宮さんで、一瞬残念そうな顔をしたものだから、俺と友達は嫌なのかと絶望しかけたが、そうではないようで救われる。

俺たちは友達。

認識するとなんだろう……この気恥ずかしい空気……。

「よ、よし! じゃあ一緒に掃除しような、掃除! 俺ら友達なんだし!」

「そ、そうだね! じゃあ今度、晴間くんが困っている時は私が手伝うね! 私たち、お、おお、おおお、お友達なんだし!」

「ああ、友達だしよろしくな!」

「うん、お友達だもんよろしくね!」

ふたり揃ってぎこちない動きで、掃除場所である図書室に入る。

いかんいかん、平常心を取り戻さねば。

しかし図書室とは、また手間のかかる場所だ。規模だけで言えば、この旧校舎の図書室は新校舎のより広い。

　本の隙間に溜まったホコリとかも取らないといけないから、時間だってかなりかかる。

　こんな大変な掃除を、雨宮さんが引き受ける原因になったサボり野郎には、唐揚げを食う時にレモン汁が目に入る呪いでも掛けといてやろう。悶え苦しむがいい。

「それで、雷架さんと話していた私のことって……」

「そのことなんだがな」

　雨宮さんと並んでハタキを持ち、本のホコリを取りながら掻い摘んで説明する。

　案の定、雨宮さんは最初「私に写真のモデルなんて無理だよ……！」なんて可愛く遠慮して、でも雷架の事情を話せば「わ、私で力になれるなら……」と最終的には可愛く承諾してしまった。

　なんという予想通りの流れ。

　こう言ってはなんだが、同情を買うタイプの悪いヤツに騙されないか心配だ。雨宮さん、オレオレ詐欺とかにも引っ掛かりそうだし……。

　俺は「本当にいいのか？」と念入りに確認を取る。

「正直、私には荷が重いけど、部活が潰されるとか大変なことだし……。顔があんまり見えないように撮ってもらえるなら、まだ大丈夫かなって」

「そこは雷架に希望を出せばいいよ。モデル側の希望はある程度は通さないと」

hikariは俺の希望で過度な露出はＮＧだしな。そこはさすがにな。

「う、うん。それなら安心かも」

「雨宮さんは偉いよな。人様の部活のために、一肌脱ぐとかさ」

「雷架さんの部活維持にも協力できたらとは思うけど、引き受ける理由はそれだけじゃなくて……」

雨宮さんはおずおずと、俺を眼鏡の奥の綺麗な瞳で見上げてくる。

パチリと合う目と目。

「私が引き受けたら……晴間くんも喜んでくれるかな、って」

頬をほんのり赤く染めて、そんな殺し文句を述べた雨宮さんに、俺は胸に鉛玉をガンッと撃ち込まれた。

し、心臓が……っ！

「晴間くん？　む、胸元を押さえてどうしたの？」

「気にしないでくれ……」

雨宮さんの可愛さによろけて、本棚に凭《もた》れかかりながら息を整える。だが彼女は追撃を止めず、「雷架さんとの撮影の時、晴間くんも来てくれるんだよね……？」なんて不安そうに尋ねてきた。

もはや過剰とも取れる攻撃だ。死体蹴りと言ってもいい。

屍と化しながらも、俺は辛うじて頷いてみせる。

「お、おう。雷架的に問題ないなら、俺も同行するつもりだよ。雨宮さんの変身もまた俺に任せて欲しい」

「い、いいの？　またあんなに素敵にしてもらえて……」

「俺もコーディネートとか考えるの楽しかったし」

可愛い雨宮さんをさらに可愛くする役目は、俺としても譲れなかった。写真に撮られるなら尚更だ。

雨宮さんは「心強いです、ありがとうございます」と丁寧に頭を下げる。

「俺たちで雷架の部活、守れるといいな。コンテストでトップ取れるような、最高の一枚を撮らせてやろうぜ」

「が、頑張ります！」

ハタキを握り締めて、ホコリ漂う中で決意を固めている雨宮さん。キリッとした表情も可愛いなあ。

雨宮さんのおかげで、俺もなんとか雷架に朗報を持っていけそうだ。

――その夜。

写真モデル承諾の件を、さっそく交換した雷架の連絡先に送る。

すると返事は速攻で来た。

『マジマジ？

やったー！

これで勝ったよ！　コンテスト勝った！　完全勝利！

ハレくんやっるねー！　最高！

撮影は次の日曜日とかどう？？？

可愛いお知り合いちゃんにもよろしくー！』

テンション高めの文面に苦笑しつつ、雨宮さんとも連絡を取り、撮影日は今週末の日曜日、午前中のうちに決定した。

だがここで、ひとつ大きな問題が浮上する。

それは『スイーツ店にいたあの子』の正体が、実はクラスメイトの雨宮さんであることを雷架に明かすかどうかだ。

これは雨宮さんも決めかねていて、可愛く頭を抱えていた。

クラスメイトという身近な存在に、できれば正体を知られたくはない。だが下手に別人を装ったら、雷架を騙すことになるのでは……と。

騙す騙さないで言ったら、俺なんて日本どころか世界規模で人を騙しているので（hikariは海外ファンも多いのだ。ファンタスティックプリティーガールと呼ばれている）、そう気にすることでもないのだが、雨宮さんは真面目だからな。

ふたりであれこれ協議し、結論。

まずは別人として雷架と対面し、その後で明かすか明かさないか判断するという、行き当たりばったりな方向性になった。懸念のある結論だが仕方ない。


そうして、撮影当日を迎えたわけだが――。


「あれ？　あれあれあれあれれ～？」

ロケ地はいつぞやの自然公園。

空模様は朝からあいにくの雨だが、それは雷架があえて『雨の日』を指定したため、小雨の降り具合も想定通りだ。

想定通りじゃなかったのは、雨宮さんと対面した雷架の反応。

事前に俺が雨宮さんを変身させ、公園の入り口前で雷架と落ち合ったわけだが、互いに「こんにちは」を言う前に、雷架が首を大きく捻り出したのだ。

「スイーツ店で見た時はわからなかったけど、なーんか似てる？　雰囲気そのまま？　というか本人？」

「あ、あの……」

雷架は雨宮さんへにじり寄り、差している傘がコツンッとぶつかるまで近付いて、ズバッと一言。

「ぶっちゃけ、美少女ちゃんって――『アマミヤさん』じゃない？」

「うえっ!?」

まさかの初対面一発で見抜くとは。

これには俺も驚いた。

――俺は別に、雨宮さんの変身に手を抜いたわけでは一切ない。

ココロさんは今回参加していないが、髪型はコテでふわっと巻いてボリュームを出し、前髪は編み込んで雫形のピンで留めてある。あのピンは、雨宮さんにとってお守り？　だからつけたいとの希望で。

　メイクはより自然体を意識して仕上げ、眼鏡も別の丸いフレームのものに変更。

　特にコーデは気合いを入れて、雷架から撮影予定のシチュエーションも聞いた上で、それに合うよう組ませてもらった。

　トップスはシアー素材の白ブラウスで軽やかに。

　下は悩んだが、ミディ丈の水色のフィッシュテールスカートをチョイス。

　前より後側の丈が長いスカートで、魚の尾のようなシルエットが華やかなアイテムだ。

　普段使いとしては少々取り入れ難いかもしれないが、事前に聞いた雷架の撮りたいイメージにハマるのは、このスカートだと確信した。

　くるりと回ると、まさしく尾ヒレのように翻る。

　その可憐さたるや……。

　もとから可愛い雨宮さんが今日も可愛い。

「アマミヤさんだよね？　クラスメイトの。ねえ？」

「え、えっと、私は……」

「ねえねえねえねえねえ？」

　つい俺は現実逃避をしかけていたが、雷架に至近距離で迫られて雨宮さんが涙目だ。目線で『助けて、晴間くん！』とＳＯＳを飛ばされ、俺も腹を決める。

……バレたなら認める他ない。

「雷架、お前はまず離れろ。大正解で、その子は俺らの知る雨宮さんだよ」

「やっぱり！」

やっと納得し、赤い傘を揺らして離れる雷架。

彼女の私服姿も初めてみたが、英字入りのＴシャツにショートパンツというラフな出で立ちながら、明るくスポーティーな雰囲気は彼女によく似合っている。

ショートパンツから惜しみなく晒される脚は、スラリとしなやかに伸びていて、美空姉さんなら「我が社の新作ミニスカートをぜひ穿かせたい！」と鼻息を荒くしそうだ。

さすが、うちの学校の三大美少女のひとりだな。

「それで、雷架はなんで雨宮さんだってわかったんだ？　クラスにいる時の彼女とは、けっこう違うと思うんだが……」

「言ったじゃん？　歴史の偉い人の顔は覚えられないけど、クラスメイトの顔は間違えないって！　スイーツ店の時はパッと見てビビビッー！　だったから判別できなかったけど、これだけ近くで見たらわかるよ！」

雷架はなかなか、アホの子であることは確かなのに侮れない奴だ。

まだ戸惑っている雨宮さんに、「こんなに可愛いなら隠すことないのに！」と、雷架は勿体なさそうに唇を尖らせる。

「学校でもこの感じで登校すれば絶対モテモテだよ？　いつもの分厚い眼鏡外すだけでもアリだし、私はその眼鏡もない方がいいと思う！」

「ご……ごめんなさい、眼鏡だけは、ちょっと」

「雷架、人にはいろいろ事情があるんだ。詮索はなしな」

気まずそうな雨宮さんの前に立ち、俺は釘を刺しておく。

「んんっ、それもそっか。ごめんね！　余計なお世話でした！」

刺された雷架は一瞬きょとんとしたものの、秒で引き下がった。

デリカシーなど欠片もなさそうに思えて、他人の踏み込んで欲しくないところはちゃんと守るから、雷架はたくさんの人から好かれるのだろう。

ただ俺も、雨宮さんが顔を晒したがらない、明確な理由は知らないんだよな。

単に恥ずかしいとか、自分の顔にコンプレックスがあるとかだと考えていたんだが、根深いなにかがありそうだ。もちろん、雷架を窘めたばかりなのに、本人に聞くなんてことはしないけども。

メイクする際、俺もココロさんも素顔は見ているが、普通に世界一可愛かったぞ。

雨宮さん的に、信頼できる個人に見せるならまだ大丈夫。対して、不特定多数に見せるのは怖い……といったところか。

いつか雨宮さんが、そんな憂いをぶっ飛ばしてくれたら俺は嬉しい。

「アマミンが謎の美少女だってこと、隠したいならクラスの子達にも言わないよ！　雷架ちゃんはこれでも口が固いのだ」

「ア、アマミン？」

「ピッタリで可愛いあだ名でしょ？」

ニパッと笑って、雷架は雨音にも負けない元気な声を張り上げる。

「それじゃあお話がまとまったところで、撮影を開始しまーす！　みんなでベストショットを撮るぞ！」

まとまったのか？　というツッコミは置いといて。

雷架はずっと肩に掛けていたカメラバッグから、「これが私の相棒だよ！」と、真っ黒なボディのカメラを取り出した。

いわゆる一眼レフというやつで、しっかりレインカバーもされている。

仕事柄、カメラもよく見る俺は、一目でお高いものだとわかった。

「いいカメラ使っているな」

「お？　ハレくんわかる人？　これね、おじいちゃんのお下がりなの！」

　雷架の祖父は若かりし頃、プロのカメラマンで、そんな彼の撮る写真に魅了されて雷架はカメラを始めたらしい。

「お名前は『ピカリさん』だよ！　私が命名したんだ、ちゃんと呼んであげてね！」

「……カメラに名前があるのか」

「マイカメラに名前をつける人、けっこういるんだよ？」

　雨宮さんは素直に「よ、よろしくお願いします、ピカリさん」と、カメラに対して頭を下げている。その可愛いことよ。

　ギターや車に名前をつける人も多いと聞くし、そんなものなのか？

　俺も相棒に名前をつけるとしたら……hikari用のウィッグくらいしかねえな。さすがにウィッグにはつけられない。『ヅラさん』しか浮かばない。

「それで、撮りたいシチュエーションなんだけどね！　ハレくんにはメッセージで送ったと思うんだけど……」

「ああ、あれな」

『雨の中、大好きな人と公園でデートの待ち合わせ。

だけどいつまでたっても、彼はやって来ない……スマホを見ても十五分前から連絡が止まっている。

どうして？　なにかあったの？　まさか事故？

どんどん不安になってきたところで、やっと彼が必死に走りながら現れる。

水溜まりを蹴って迫る足音に、嬉しそうに傘の向こうから振り向く少女』

……というのが今回のテーマらしい。

長い。月《げつ》9のドラマでありそうなワンシーンだ。

「ぜひ！　その振り向く瞬間を激写したい！」

「わ、わかりました！」

雨宮さんはふむふむと頷いているが、俺は一枚の写真を撮るために、そこまで設定を練ってきた雷架に呆れるやら感心するやらだ。

シチュエーションの大切さは俺もわかるけどさ。

雷架はふふんと胸を張る。

「おじいちゃんに人物写真を撮るためのコツを聞いたら、『モデルの子が一番輝く状況を考えてみなさい』って言うから、化学の時間にずっと練っていたの！　おかげで先生に当てられた時サッパリだった！」

「授業はちゃんと受けろよ……」

また全教科赤点取って補習コースだぞ。

俺も英語以外はスレスレだから、人のことは言えないが……一方で雨宮さんは頭がいいんだよな。成績上位者五名に必ず入っている。

何事にも真摯《しんし》に取り組む、努力家さんなのだ。

今だって雷架の細かすぎる設定を、「じゃあ、十五分以上は待ち惚けってことだよね……結局どうして、デート相手の『彼』は遅れたのかな」と、真正面から受け止めて分析しているし。

「んー？　わかんない！　寝坊とか？　前日にゲームのやり過ぎで夜更かししちゃったとか！」

「そこはふわっとしているんだな」

細かい設定を練ってきたかと思いきや、『彼』の方は適当だった。デートの前日にゲームで夜更かしするんじゃない。

「あっ、背景はここの紫陽花《あじさい》ね！」

シチュエーションの確認をしたところで、入り口から歩いてやってきたのは、公園の中にある細い通路。左右には紫と青の紫陽花が無数に花開き、雨粒を受けながら楚々として咲き誇っている。

俺も雷架に聞いて調べたのだが、この公園は紫陽花の名所らしい。

「うん、いい感じに咲いてる！　今年は早咲きでよかった！」

紫陽花を突きながら、雷架は花の位置や角度を確認している。

そうそう、この紫陽花たちに合うように、俺は雨宮さんのコーディネートを組んだんだよな。

可憐な雨宮さんと、可憐な紫陽花のコラボレーション……確実に映える。

「紫陽花いっぱいで綺麗だね、晴間くん」

「ああ。雨宮さんの可愛いさを彩るには最高だな」

「へっ!?」

隣に並ぶ雨宮さんに、俺はそのまま思考を垂れ流していたようだ。

赤い顔で口をパクパクさせる彼女が、フィッシュテールスカートも相まって、金魚みたいで可愛いなあとか思ってしまう。

そんな惚けたやり取りをする俺たちに、紫陽花の確認を終えた雷架が向き直る。

「アマミン、あんまり顔は写したくないんだよね？」

「あ……で、できれば……」

「正面からは撮らないし、傘越しに横顔が少し映るくらいにする予定だから、そこは安心してね！」

「ごめんなさい、ワガママ言ってしまって……」

「ノープロレスだよ、顔はチラ見せでも可愛いから！　むしろそっちの方が見る人の興味を引いちゃうかも!?」

たぶん『ノープロレス』じゃなくて『ノープロブレム』って言いたかったんだろうな。雷架語、解読できるようになってきたぞ。

雷架は俺から伝えておいた、雨宮さんの希望を取り入れてくれたようだ。

「というわけで、傘をこうかーん！」

雨宮さんのビニール傘と、雷架の赤い傘が入れ替わる。

確かに赤い傘の方が顔も隠れるし、写真上でも曇り空に色彩が加わることになる。雷架がそれも見込んで赤い傘にしたのだとしたら、やはりアホの子なのに侮れない。

「じゃあ、俺はあそこのベンチで座って待っているな」

紫陽花の通路を抜けたところにある、屋根付きのベンチを指差す。

雨宮さんのことは近くで見守りたいところだが、俺というギャラリーがいては気が散るだろう。

あとは女の子同士で……ということで、俺はいったん退散した。

ベンチに座って、適当にスマホゲームで時間を潰す。

育成系ゲームで養豚場を経営しているんだよ、今。出荷から調理されるまでを見守る恐ろしいゲームだが、時間潰しには持ってこいだ。

撮りたいシチュエーションもガチガチに決まっているし、撮影時間は長くても三、四十分くらいだろうとタカを括っていたのだが……。

「……わりとかかっているな」

気付けば一時間以上も経過。

スマホの時刻表示は、午前から午後に差し掛かろうとしている。

俺の花子（豚）が出荷されてトンカツになったところで、腰を上げて様子を見に行くことにする。

雷架と雨宮さんは、揃って難しい顔でピカリさんを覗き込んでいた。

なにやら苦悩している模様だ。

「どうしたんだ？」

「あ、ハレくん。それがね……」

雷架いわく、どうやら雨宮さんがガチガチに緊張して、いい写真がなかなか撮れずに困っていたようだ。

「雷架さんはいい写真を撮ろうとしてくれているのに、私が不甲斐ないせいで……っ」

「アマミンは悪くないよ！」

自分のせいだと気に病む雨宮さんに、俺も心がめちゃめちゃ痛む。

緊張するのはもう仕方のないことだ。

雨宮さんは写真なんて、明らかに撮られ慣れていないだろうし。

俺だって最初は、hikariとしてカメラを向けられた時は緊張して……なかったな、特に。

俺の可愛さをもっと写真で伝えて欲しいって、カメラマンに要望出していたわ。

「と、とにかく一回休憩したらどうだ？　いったん気分転換した方がいいと思うぞ」

「それもそうだね、そろそろ喉も渇いたし！」

「あっ！　だ、だったら、私が飲み物を買って……」

「いいよ、雨宮さんも疲れているだろうし。俺が買ってくるから」

雨宮さんの申し出を遮って、ふたりから飲み物のリクエストを聞く。

申し訳なさそうな雨宮さんに「無理せずやろうな」と笑いかけて、俺は自販機を探しに向かった。

# Side A　雨宮さんの思想

「アマミン、こっちこっち！　ここで座ってハレくんを待とう！」

「ま、待って、雷架さん！」

晴間くんが飲み物を買いに去ってから、私と雷架さんは、さっきまで晴間くんがいた屋根付きのベンチに移動した。

ここなら晴間くんが戻ってきたらすぐわかる。

濡れた傘を畳んで、雷架さんと隣り合って座る。傘からは雨粒がポツリと落ちて、アスファルトに丸い染みを作った。

その染みが黒くなって、胸の中心にまで広がっていくような錯覚がして……私は今、自己嫌悪でいっぱいだ。

カメラを向けられると、どうしても体が強張ってしまう。表情だって上手く作れないし、「自然体で」とお願いされたのにポーズもぎこちなくなっちゃう。

私のせいで何度撮り直しになったんだろう。

雷架さんは部活を守るために、シチュエーションまですごく考えて頑張っているし、こんな私を見限らずに励ましてくれている。

だけど肝心の私がダメダメだ。

このままずっといい写真が撮れなくて、雷架さんの部が潰れたらどうしよう。

晴間くんも、せっかく私に期待してくれたのに……。

じわっと、目に涙が浮かぶ。

「わわっ！　どうしたの、アマミン？　そんな泣きそうな顔して！」

「雷架さん、私……」

「暗い顔していたら、せっかくの可愛さが台無しだよ！」

すぐネガティブになるのは悪い癖だとわかっていても、涙を耐えて俯いていたら、雷架さんが隙間を埋めるようにくっついてきた。

「気楽に笑って考えよ！　ほら、『笑う犬には福来る』って言うじゃん？　スマイル、スマイル！」

「えっと、もしかして『笑う門には福来る』かな……？」

ど、どこから犬が出てきたんだろう……。

他のことわざと混ざったのかな？

「あれ？　そうだっけ？　犬は笑わないか！　棒にぶつかる方？　ポメラニアンはラブリーだよね！」

八重歯を晒して、雷架さんはきゃっきゃとポメラニアンの愛らしさを語る。

『雷架の思考回路は時々ぶっ飛ぶ』って晴間くんも言っていたけど、いきなりのポメラニアンには私も驚いた。

底抜けに明るい雷架さんは、じめじめした空気なんてかき消すような、天真爛漫さを私にも向けてくる。

「ハレくんのアドバイス通り、気分転換が大事だよん！　なんか楽しい話をしようよ！」

「楽しい話……」

こ、ここは私が、話題提供をすべきだよねっ？

楽しい話、楽しい話、楽しい話……。

「ス、スーパーのお野菜売り場で、新鮮な野菜を見極める方法とか……！」

「えっ！　アマミンの『楽しい話』って、『スーパーの野菜売り場で新鮮な野菜を見極める方法』なの？」

「興味ないかな……？　他にもえっと、『お弁当の時短テクニック』とか、『洗濯物の染み抜き術』とか……」

「あははっ！　ヤバい、アマミンってめっちゃ面白いね！」

「そ、そうかな……？」

「うん！」

褒められたんだよね、たぶん。

同級生の女の子とこんなふうに話すことなんて、ほぼなかったから焦ったけど、雷架さんは楽しい気持ちにしてくれる。

だけどその楽しさも、次の瞬間には投下された爆弾で弾けてしまった。

「アマミンの生活の知恵袋は今度聞くとしてさ！　ズバリ——アマミンって、ハレくんのことスキっしょ？」

「すっ!?」

声が盛大に裏返る。

スキ？

スキってえっと、『好き』ってことだよね？

好きはあの好きだから、つまり好きが好きで……。

「私はね、ハレくんのこと好きだよー！」

「えっ」

思わず過剰に反応してしまう。

「いいヤツだよね、ハレくん！　今まであんまり話したことなかったけどさ」

スニーカーを履いた足をバタつかせながら、雷架さんは語る。

「私が写真部って言うとさ、だいたいみんな『運動神経いいのに勿体ない』って反応するの。先生もパパもママも、『趣味のカメラよりせっかくの才能をもっと活かせ』って。友達も『スポーツに集中した方がいいんじゃない？』って」

「それは……でも……」

「スポーツは好きだよ？　でも本当は私、写真を撮っている時が一番好き！　だからみんなの反応は、ちょい悲しいんだ」

そう唇を尖らせる雷架さんは、クラスでは見たことない複雑な表情をしていた。

知らなかった……明るい雷架さんが、こんなことを考えていたなんて。

才能あふれる彼女だからこその悩みなのだろうが、好きなことを否定されたようで、きっと小さく傷付いていたんだ。

雷架さんは続けて「でもハレくんは、そんな反応まったくなくって」と笑う。

「一番好きなことなら、好きにやれば？　みたいな感じで。人に対しての『どりょー』？大きい感じ」

『どりょー』は『度量』かな。

それはわかる気がする。

晴間くんはまず自分が、女装とか自信を持ってしているからかな？　何事も受け入れ方が柔軟だよね。晴間くんのたくさんある魅力のひとつだと思う。

「だからハレくんの前では、写真の話がしやすいの！　アルバムだって見せたら褒めてくれたし！」

「晴間くんは褒め言葉を惜しまない、よね」

「わかる！」

……なんだろう。

雷架さんが晴間くんのいいところをわかってくれて、それは確かに喜ばしいことなのに。

ほんのちょっとだけ、焦るというか、モヤモヤする。

「だから、私はハレくんが好き！　お友だちになれてよかったよ！」

「友達……」

今度は『友達』と聞いてホッとした。

そんな自分に首を傾げる。

「……って、明るい話をするはずが、私が暗くしちっった！　あんまり人に打ち明けたことなかったんだけど、アマミンが聞き上手だからかな？　ごめんね！」

「う、ううん。雷架さんの気持ち、聞けてよかったよ」

「アマミンは？　ぶっちゃけハレくんのこと、友達以上の好きでしょ？」

「友達以上……？」

「あれ？　もしかして『むじかく』ってやつ？」

パチッと、雷架さんは瞬きをひとつ。

彼女の丸い瞳の中には、困惑した私が映っている。『むじかく』って、『無自覚』？　私はなにを自覚していないの？

「私は見ていてすぐわかったよ！　アマミンのハレくんに向ける気持ちってさ、要はラブの方の好きじゃん」

「ラブ……ラブっていうと、ええっと」

「こう言った方がわかりやすいかな？　アマミンは……ハレくんに『恋』、しちゃってるんじゃない!?」

——恋。

そのたった一文字の単語は、私の中にストンと綺麗に落ちた。

そっか、そうなんだ。

私は晴間くんに恋をしているのか。

だから晴間くんとお友達になれた時、とってもとっても嬉しかったのに、同時に物足りなく感じちゃったのか。さっきだって雷架さん相手に少しだけ、対抗心というか、嫉妬を覚えたんだとわかる。

「私が……彼を……」

無意識に、雫形のピンに触れる。

いつから私は晴間くんに恋をしていたのだろう。

このピンをくれた時から?

私なんかのことを『可愛い』って言ってくれた時から?

憧れのhikariさんが、晴間くんだってわかった時から?

それとも、いつもコッソリ私を助けてくれている人が、晴間くんだってどこかで気付いていた時から?

わからないけど……。

私はきっと、たぶん、絶対に、晴間くんが恋愛的な意味で、大好き。

「う、うううううう」

自覚した途端――耳から手足の先まで赤くなって、唸り声をあげながら私はベンチの上で縮こまった。

　このままもっともっと小さくなって、泡みたいに消えちゃいたい。

　そんな私に雷架さんは「ありゃ、アマミン茹でダコみたい！　タコ焼き食べたいね」なんて呑気なコメントをしている。

「――あっ、ハレくん！」

「えっ！」

　心臓がドキン！　と痛いくらいに脈打つ。

　もう晴間くんが戻ってきたのか。

　今彼に会ったら、どんな顔をすればいいかわからないよ……！

「ん？」

　座ったまま顔を逸らして待つも、いっこうに晴間くんは現れなくて、私は「あれ？」となって辺りを見回す。いるのはお隣の、ニンマリ口角を上げている雷架さんだけだ。

「エヘッ、嘘でしたー！」

「う、嘘？」

「アマミンの反応があんまり可愛かったから、イタズラ心でついつい」

「も、もうっ、雷架さんっ！」

「ごめんってー！」

私が熱の引かない顔で抗議すれば、雷架さんは一房結んだ髪をピョンッと跳ねさせ、手の平を合わせて謝ってくる。

心臓に悪すぎるよ！

「でもさっきの瞬間は惜しかったなあ！　シャッター切っとけばよかった！」

「さっきの瞬間？　というと……」

「ハレくんが来たって聞いた時の、アマミンの一瞬の表情とか仕草！　まさに私の理想通り！　最高のシャッターチャンスだったのに」

なでなでと、膝に乗せたピカリさんを撫でる雷架さん。

さっきの私がシャッターチャンスだったなら、撮られる時に晴間くんのことを考えていれば、上手くいくってことかな……。

それってすごく恥ずかしいけど、ちょっとだけ撮影成功の希望が見えてくる。

「ところでアマミンはさ、ハレくんに告白とかしないの？」

しかしまた、雷架さんがサラッと爆弾を落としてきたことで、私はベンチからずり落ち掛けた。

「こっ……！　し、しないし、できないよっ！　そんなの！」

「お付き合いしたいとかないの？　好きな人と恋人になれたらバンバンジーじゃん！」

「バンバンジー……万々歳、かな？　でも、晴間くんは優しいから私のことを構ってくれているだけで、別になんとも思ってないだろうし……フラれちゃって、気まずくなったらイヤ、だから」

自分で喋りながらどんどん落ち込んでしまう。

でも晴間くんの優しさを、私が勘違いしちゃダメだよね。

あんなに優しくてカッコよくて、hikariさんになったら可愛い晴間くんに、自分が並べるなんて。

それに今みたいに……友達として一緒にいられるだけでも、私には贅沢なことだから。

私の回答に、雷架さんは「ううーん？　アマミンは自信なさ過ぎじゃないかなあ」と物言いたげだ。

「ハレくんだってアマミンのこと、きっと好きなのに！」

「それは、えっと、それこそ友達としてっていう友愛の範囲で……」

「そうだ！　じゃあハレくんから好かれるように、アマミンからアピールしようよ！　アマミンだってもっともっと、ハレくんに好きになって欲しいでしょ？」

一時停止して悩んだが、私は小さくコクンと頷いた。

『私をもっと好きになって欲しい』

それは本心だったから。

告白なんてまだまだ到底できないし、お、お付き合いなんて夢のまた夢だけど……今より距離を縮めたいって願うくらいなら、許されるよね？

スカートの裾を弱々しく握りながら、ボソボソと口を動かす。

「雷架さん……私、恋なんて初めてで……。こういう時、どうやってアピール？　すればいいかもわからないんです。お、教えて、くれる？」

「アマミン……！」

「わっ！」

恥を忍んで頼んでみれば、雷架さんがむぎゅっ！　と抱き着いてきた。

ベンチの縁に立てかけてあった、雷架さんの赤い傘が地面に転がる。

そんなものお構いなしで、むぎゅむぎゅ拘束してくる雷架さんは、宝石のように目をキラキラさせていた。

「なになに、初恋なの？　その頼み超可愛いね！　アマミン可愛い！　もちろん教えるし、いくらでも協力するよ！　友達の恋は応援しなきゃっ！」

いつの間にかお友達になれていたみたい。

地味で目立たない私が、クラスの人気者な雷架さんと……こ、恋バナ？　っていうのかな？　しているみたいで、新鮮で面映ゆい。

「ありがとう、雷架さん」

「今さらだけど、友達なのにその呼び方は寂しいかも！　下の名前で呼んでよ！」

「こ、小夏ちゃん……？」

「うん！」

おそるおそる呼んでみたら、小夏ちゃんは私よりも余程可愛らしく笑ってくれた。

向日葵みたいな女の子で、今日から私のお友達。

「それで、あの……アピールってどうすれば……」

「まずはハレくんが喜ぶことをしてあげるとか？　それで好感度アップ！　とかどう？」

「晴間くんが喜ぶこと……」

私ができる範囲でなら、なんだってしたいけど……晴間くんはいったいどんなことで喜ぶんだろう？

晴間くんはいつも私を喜ばせてくれるけど、私は少しも思い付かなかった。

しかし、そこはさすが頼もしい小夏ちゃんだ。

「だいじょうぶだよ、アマミン！　ここは私に任せて！　こういうのはね、『当たって大

「『当たって砕けろ』ってこと……？」

爆発』が一番なの！」

どっちにしろ生存できなさそうなんだけど……ほ、本当に任せていいんだよね？

そこで小夏ちゃんが、パッと私に抱き着いたままの体を離して「あっ、ハレくん！」と顔を上げる。

「も、もう、小夏ちゃん！　さすがに二回目は騙され……」

「――ごめんな、遅れて」

「うひゃぁっ！」

ベンチから飛び上がる。いつの間にか傍には、お茶のペットボトルを三つ抱えた晴間くんが立っていた。

私の過剰なびっくりぶりに「な、なんか驚かせてすまない」と謝っている。

「は、晴間くんは悪くないの！　実在しているとは思わなかったから……」

「俺って幽霊的な存在か？」

「私が一回ドッキリ仕掛けちゃっただけだから、ハレくんは気にしなくていいよ！　それよりさ！」

晴間くんからお茶を受け取りながら、小夏ちゃんは「ハレくんって、アマミンになにされたら喜ぶ？」なんて、唐突かつ直球もいいところな質問を投げかけている。

ま、待って！

『当たって大爆発』って、つまり晴間くんに直接聞くってこと!?

「雨宮さんにされて喜ぶこと……？」

訝し気な晴間くんの視線が、私の方に注がれる。

恋していると自覚したら、彼がいつもの二割増しカッコよく見えてしまう。

でもhikariさんの片鱗も窺えるから、彼は可愛くもあって……どうしよう、晴間くんが眩しすぎる！

「は、晴間くん！　こっちを見ないでください！」

「えっ、俺なんかしたか!?」

「あまり近寄らないでもらえると……！」

「俺がなにかしたなら言ってくれ、雨宮さん！　今すぐ直すから！　俺は君に拒否されたら生命維持に支障を来す！」

反射的に晴間くんを避けようとする私に、晴間くんも困惑している。

うああ……そうだよね、ごめんなさい。

でも今は心臓に優しい距離が欲しいよ……！

「あはっ、やっぱりアマミンとハレくんは面白いね！」

小夏ちゃんはマイペースに、ゴクゴクとペットボトルのお茶を飲んでいる。

お茶は晴間くんの奢りになっているのかな。後でお金返さないと……。

「それでハレくん、さっきの質問のお答えは？　具体的に、アマミンにして欲しいこととか答えてくれてもいいよ！」

「どうして雷架がそんなこと聞くんだよ」

「私とアマミンが同盟を組んだからだよ！」

ど、同盟なんて組んだっけ？　恋バナ同盟？

小夏ちゃんの突拍子もない言動に、晴間くんはもう慣れちゃったのか。素直に「そうだなあ……」と、顎に手を添えて質問について考えている。

な、なにかあるのかな？

私は晴間くんとは一定の距離を保ったまま、ドキドキと返答を待つ。

「そんな急に聞かれても……特にない、かな」

「な、ないの？」

そ、それはそれでショックかもしれない。

小夏ちゃんが「えー！　なんでなんで!?」と唇を尖らせる。

「ハレくんのことだから、例えばアマミンをいろいろ着せ替えたいとかないの!?　メイド服とか浴衣とか！」

「俺に対してどんな偏見だよ」

「マジでないの!?　チャイナ服も!?」

「くっ……本音はどれもなくはない、むしろ着せたいが！」

「でしょっ!?」

メイド服に浴衣に……チャ、チャイナ？

コスプレってやつに近いのかな……私にはハードルの高い服ばかりだけれど、晴間くんが望むのだったら、どんな服でも応えたい。

「晴間くん……！　あの、私、頑張るね！」

「なにを!?　簡単に真に受けないでくれ雨宮さん……！」

とりあえず今度、お安くメイド服を入手できるところを探してみよう。

やる気満々な私に、焦る晴間くん。

そんなどこか噛み合わない会話を繰り広げている横で、小夏ちゃんは弾けた笑い声をあげていた。

§

自販機を探すのに手こずり、やっとお茶をゲットして戻ってくれば、なんだか雨宮さんと雷架が仲良くなっていた。

それは大変微笑ましいことなのだが、急に雨宮さんに「こっちを見ないでください！」とか「あまり近寄らないでもらえると……！」とか拒否される緊急事態。

ショック死しかけたが、紫陽花ロードに戻って撮影を再開する頃には、雨宮さんも平常通りになっていて安堵する。

いや、近付こうとするとちょいちょい離れられるけどさ……。

「それじゃあ撮るけど、ハレくんはそのままそこにいて！」

「え、俺がいてもいいのか？」

雨宮さんはポジションにつき、雷架はピカリさんを構えている。

俺はちょっとだけ撮影風景を見たら、また邪魔にならないよう、ふたりの視界に入らないところまで離れようとした……が、なぜか雷架に引き留められた。

俺は雨宮さんの目線の先にいろと言うのだ。

「でもここに俺が立っていたら、写真に影とか写り込むんじゃないか？」

「そんなもの、切り取ったり多少の加工したりでなんとかなるから！　コンテストも画像処理、ある程度ＯＫなやつだし！」

「それはそれで遺憾だな……」

名のあるカメラマンが「ぜひ撮らせてくれ！」と懇願してくる、このスーパーモデルの俺を邪魔扱いとは……hikariの生写真なら、ネットオークションで高値間違いなしだというのに。

やれやれと肩を竦める俺に、離れたところから雨宮さんが言う。

「私からもお願いします……そこにいて、晴間くん！　私はたぶん、晴間くんが見えるところにいてくれたら、ちゃんとモデルできるから！」

「……雨宮さんがそう言うなら」

腑に落ちない俺の耳に、カシャッ！　とシャッターを切る軽快な音がする。雷架は撮った写真を確認し、うんうんとしきりに頷いた。

「はい、完璧！　撮影完了ー！」

いや、早いな!?

休憩前の一時間以上かかったのはなんだったんだ!?

「おい、雷架。本当に終わったのか？」

「うん！　やっぱりアマミン、ハレくんの前でだといい顔するんだもん。奇跡の一枚撮れちゃった！」

ルンルンと、雷架はピカリさんを掲げてご機嫌だ。

よほどいい写真が撮れたらしい。

任務完了した雨宮さんは、肩の力が抜けた顔をしている。俺に走り寄ってきて、「また晴間くんに助けられちゃったね」と困り顔ではにかんだ。

とんでもなく可愛いが、俺はぼんやり突っ立っていただけだぞ！

「あっ、ちょうど晴れてきた！　お日様ピカーン！」

お子様っぽい擬音と共に、雷架が空を仰ぐ。

実は雷架がシャッターを切った後くらいには、雨はピタリと止んでいた。雨雲もどこかに去り、眩い太陽が顔を出し始めている。

もう必要ないなと、三人で一斉に傘を畳む。

「これで今日の目的は達成だね！　ふたりとも、ゴキョーリョクありがとうございました！」

「クラスメイトのよしみだしな、またなにかあれば『ご協力』するよ。な、雨宮さん」

「う、うん。小夏ちゃんは友達だし……」

「ハレくん……アマミン……！」

雷架は感激したのか雨宮さんをぬいぐるみのようにハグし、俺には「今度お礼に、購買の新商品のどら焼き奢るね！」とアイドル並みのウィンクを飛ばしてきた。

とどまることを知らないどら焼き旋風はなんなのか。

「それじゃあ、ここで解散で！　私はおうちに帰るけど、ふたりはどうするの？」

「あーっと、俺と雨宮さんは……」

またアメアメの本社ビルに寄って、雨宮さんの変身を解いたら、俺たちもそこで解散だろう。前みたいにココロさんの足もないし、各々徒歩で帰宅かな。

雷架にアメアメのことは明かせないので、「俺たちも適当に帰るよ」とだけ答えた。

そこでなぜか、雷架が「そーれーなーらー！」とわざとらしく声のボリュームを上げる。

「アマミンのおうちまで、ハレくんが送っていってあげなよ！」

ぴゃっ！　と、すっとんきょうな悲鳴と共に、肩を跳ねさせたのは雨宮さんである。

「こ、小夏ちゃん！　それは……！」

「女の子をひとりで帰すのはどうかと思いまーす！　あ、私はいいよ？　私の家はここから目と足の先だし！」

目と鼻の先な。

目と足はわりと遠いぞ。

「アマミンのおうちでお茶でもしていけば？　ついでに家族にゴアイサツ……むぐぐ」

「小夏ちゃん、いったん『しーっ！』、『しーっ！』、だよ！」

「むぐむぐ！」

雨宮さんが雷架の口を必死に塞ごうとして、傍に咲いている紫の紫陽花が揺れる。

お宅訪問は冗談として、さすがに家に上がるつもりはないが、雷架の提案も確かに一理あるかもしれない。

「わかった、雨宮さんの家までキッチリ送るよ」

「晴間くん!?」

「雨宮さんが嫌でなければだけど」

「い、嫌では、ない……です……」

赤い顔で縮こまっていく雨宮さんに、口を解放された雷架は、「じゃあ決定だね！」と両手を打つ。

俺は密かに役得だと思い、雨宮さんの家に行けることが楽しみだった。

「じゃあね、ハレくん！　アマミンをよろしく！」

「おう、お前も気を付けて帰れよ」

「アマミンは……上手くやるんだよっ」

「こ、小夏ちゃん！　もうっ！」

そんなやり取りの末に雷架と別れ、俺たちはアメアメ本社に向かい、雨宮さんを元の姿にパパッと戻した。

ちなみに今回、雨宮さんがもともと着て来たのは、暗褐色のニットワンピだ。色はアレだが、これまで見た中だとまだセンスは死んでいない。

しかし二回目とはいえ、雨宮さんから変身の魔法を解く瞬間は、たまらなく「惜しい」と感じてしまうものだ。

特に雨宮さんの綺麗な瞳を覆う、分厚い眼鏡を掛ける時。

これがないだけでもだいぶ違うのに。

とはいっても、訳ありそうな雨宮さんの事情に踏み入ることはせず、「これで元通りだな」と笑って本社を出た。

予定通り、雨宮さんを自宅まで送っていく。

家と家が密集した住宅街は道路幅が狭く、横に並んでは迷惑だろうと、案内役に雨宮さんが少し前を歩いて、俺がそれについていく形だ。

三つ編みを解いた雨宮さんの髪が、前方でゆらゆら揺れている。

セミロングの髪は細く柔らかく、キューティクルさは申し分ないのに、切り方が雑なせいでやはりバランスが悪い。

可能なら俺に整えさせて欲しい。

さすがにプロのようには切れないが、このアンバランスさを直すことくらいは問題なくできる。

その昔、美空姉さんのヘアカットをたまにしていたのは俺だしな。

いまだにあれだけ周りにプロがいるくせに、「コウちゃんに切ってもらいたいの！」なんて頼んでくる。

雨宮さんの髪型も直せたら、わざわざアレンジで誤魔化さなくてもいいし、ナチュラルなヘアースタイルでよりナチュラルな雨宮さんの可愛さが生まれるはずだ。

いろんな髪型を試すのもいいが、その雨宮さんを世間に見せびらかしたい。

刮目しろ、世間。

――ああ、整えたい。

「あ、あの、晴間くん……なんだか視線がくすぐったいよ」

「ん？　わ、悪い！」

どうやらガン見しすぎたらしい。

俺の方をチラッと振り返って、雨宮さんがもじもじと体を揺する。

はい、可愛い。

「え、えっと……こ、小夏ちゃんの部活が、無事に存続できるといいね！」

「お、おう、そうだな」

「小夏ちゃん、写真を撮るのにとっても真剣だったから、写真部がこのままなくならないで欲しいな」

気まずさをしのぐための話題提供だろうが、雨宮さんが雷架の部を心配していることは、紛れもなく本心からだった。

こういう子なのだ、雨宮さんは。

というか……。

「雨宮さんが雷架のこと『小夏ちゃん』って呼ぶの、今さらだけど可愛いな」

「うん！　小夏ちゃんはお名前も本人も可愛いよね！」

いや、俺が褒めたのは雷架を親しく呼ぶ雨宮さんなのだが。

伝わってないな、これ。

「ハ、『ハレくん』ってあだ名も可愛いかったよね。呼びやすそうで……」

「そうか？　雨宮さんもそっちの方が呼びやすかったら、好きなように呼んでくれていいからな」

「私は『晴間くん』で慣れているから……。晴間くんの方こそ、小夏ちゃん相手みたいに私のこと、『雨宮』って呼び捨てでも大丈夫だよ……？」

「俺も雨宮さんは『雨宮さん』だからなあ。友達同士だし、下の名前で呼び合うとかもアリか」

「下の名前!?」

バッと、雨宮さんは足を止めて振り返る。

彼女は「そ、それはあの、晴間くんが私を、し、しししし雫って、あのっ！」と、壊れたラジオのようになっている。

そっか。雨宮さんの下の名前って『雫』だよな。

……いや待て、何気なく提案したつもりだったが、そう呼ぶ自分を想像したらすげえ恥ずかしくなってきたぞ。

呼び合うってことは、俺も雨宮さんに『光輝くん』と呼ばれるわけで……無理だ無理。心臓への負荷が大き過ぎる。

「お、俺たちには、今の呼び方がベストだな！　下の名前呼びはなんというか早い、まだ早い！」

「う、うん！　私もそう、思い、ます」

ふたりして赤い顔で俯く。

定期的に、雨宮さんとこういう気恥ずかしい空気になるのはなんなのだろうか。

とにかく立ち止まっていないで、早く行こうと雨宮さんを促しかけた時だ。

ブォンブォンと背後から激しいエンジン音が唸る。

こんな狭い道を、ドでかいバイクが減速もせず、無遠慮に猛スピードで通り抜けようとしていた。

「っ！　雨宮さん、危ない！」

別にぶつかられかけたとか、そこまでの大惨事ではない。

だが俺たちの横を過ぎたバイクは、先ほどの雨でできた水溜まりを、バシャン！　と盛大に撒き散らしていった。

俺は雨宮さんの細い手首を引いて、彼女に覆い被さるように泥水からガードする。

「冷てっ！」

おかげで俺は、大袈裟ではなく背中側が全面的にびしょ濡れになった。

水も滴るいい女装男子である。

「は、晴間くん！　大丈夫!?」

俺の腕の中にいる雨宮さんは、真っ青な顔でこちらを見上げている。よかった、雨宮さんには水滴ひとつかかっていないようだ。

こうしていると生物学上、やはり雨宮さんは女の子で俺は男だ。

男としては小柄な分類に入るだろうが、そんな俺よりも雨宮さんは小さく、服越しに触れる肌はどこも柔らかいし、なんかいい匂いもする。

あれだ、柔軟剤の匂いだ。

ドラッグストアとかで買えるやつ。

それがなんとも雨宮さんらしくて、素朴な香りが可愛いくて癒される。至近距離で覗く瞳も、やはり綺麗でって、あれ……？

「め、眼鏡！　雨宮さんの眼鏡がない！　どこだ!?」

俺が引っ張った衝撃で眼鏡が飛ばされたのか。

しかも今の俺はもしかしなくとも、雨宮さんを抱き締めている状況では!?

冷静になってことの重大さを理解する。

「ご、ごめん！　雨宮さん！」

バッと、雨宮さんから距離を取る。

手の中には雨宮さんを抱き締めた感触が残っていて、気まずいことこの上ない。

不慮の事故とはいえ、セクハラで嫌われたくないんだよ！

しかも眼鏡は俺の足元に落ちていた。若干だがツルが歪んでいて、これならお店で直してもらえる範囲だが、すぐに掛けることは難しいだろう。

うああ、余計なことしなきゃよかった！

でも俺が動かなきゃ雨宮さんが濡れていたし……！

「悪い、俺のせいで眼鏡が……」

「そ、そんなの後回しだよ！」

「雨宮さん？」

俺は眼鏡を拾って、項垂れながら雨宮さんに差し出したのだが、彼女は眼鏡なんて目もくれない。

離れたはずの距離を勢いよく詰めて、ガシッと俺のTシャツの裾を掴んできた。

「服！」

「服？」

「服を早く着替えないと、晴間くんが風邪ひいちゃう！」

「あー……いや、別にこれくらい……」

確かに背中の方は、布が肌に張り付いて気持ち悪いっちゃ悪いけどさ。

雨宮さんを家まで送って、さっさと帰って風呂にでも入れば問題ないだろう。幸い、正面は無事だし。

だが雨宮さんは頑なで、「ダメだよ、ダメ！」と首をブンブン横に振る。

「私の家、もう角を曲がったらそこだから！　私の家で着替えよう？　上の弟の服、晴間くんならサイズ的に着られるよ！」

「いやいや、そんな悪いし……」

「わ、私の服でもいいし！」

「そこじゃない！」

テンパっていつになく押しの強い雨宮さんに、素でツッコミを入れてしまった。

たとえhikariに変身しても、雨宮さんの服を着るのはアウトなのに、ただの俺が雨宮さんの服を着るとかレッドカードで即退場だろう。

変態になってしまう。

「晴間くん、お願い……ちゃんと着替えてください。私のせいで、晴間くんが風邪ひくなんて嫌だよ……」

「う」

雨宮さんに真摯に『お願い』されて、断れる俺はもはや俺じゃない。

ただでさえ、いつもの分厚い眼鏡も伊達眼鏡すらもない、素顔の雨宮さんの上目遣いは hikari の必殺技に匹敵する威力なのだ。

もう hikari 以上かもしれない。

「……お言葉に甘えて、お邪魔させて頂くな」

「うん！」

単に雨宮さんを家に送っていく予定だったのに……どうしてこうなった？

雷架の冗談はフラグだったのだと、俺は遅れて思い知るのだった。

# Side R　雷架さんの思想

私のお名前は雷架小夏。夏生まれだからって、おじいちゃんにつけてもらった名前はお気に入り。モットーは『雨でも雷でも笑顔』！

元気いっぱい、いつでもニコニコ雷架ちゃんだよ！

そんな私には、どうにも悩みがなさそうに見えちゃうらしいんだけど……今とっても大きな悩みがあるの。

周りのみんなには……。

「小夏のことだから、お昼をパンにするかどら焼きにするか迷って決められないとか、そんな悩みでしょ？」

「先生はお前の悩み、当てられるぞ。遅刻ばっかりでそろそろ反省したってことだな。まずは目覚まし時計を増やすところからだ」

「どうせ勉強のことだろ？　この前も赤点だったもんな。スポーツのルールは覚えられるのになあ、雷架……」

……とかとか、お友達にも先生にも運動部の男子にも呆れられたけど、全部ハズレだから！

もっともっともーっと！　シンセンな悩みなの！

間違えた！　シンコク！

今すぐビビビーッ！　ってくるモデルさんを見つけて、ベストショットを撮らないと、私の大事な写真部が潰されちゃうんだよ！　大変大変！

だからこのふたりには、いっぱいいっぱい感謝しているんだ。

「これで今日の目的は達成だね！　ふたりとも、ゴキョーリョクありがとうございました！」

「クラスメイトのよしみだしな、またなにかあれば『ご協力』するよ。な、雨宮さん」

「う、うん。小夏ちゃんは友達だし……」

そう言って笑ってくれた、ハレくんとアマミン。

モデル探しに苦労した末、ようやくスイーツ店で見つけた私の理想のモデルさんは、なんとクラスメイトのアマミンだったの。一緒にいた男の子もクラスメイト。これってキセキってやつじゃない？

インストラクションが働きまくった私は、頼みまくって日曜日の雨の本日、撮影を実行することができたのでした！

あれ？　インストラクション？　インスピレーション？　インターネット？　あれれ？

まあ、なんでもいっか！

一時はどうなることかと思ったけど、ベストショットが撮れたもんね！

「じゃあね、ハレくん！　アマミンをよろしく！」

撮影が終わって、雨上がりの公園でバイバイする。ふたりきりになると、ちょっぴりぎこちないハレくんとアマミンに、私は大きく手を振った。

私からすれば、このふたりはとっても不思議。

だって、どう見ても『りょーおもい』なのに、まったくお互い気付いてないんだよ？　変でしょ？

だから私はアマミンに教えてあげたの！

それは『恋』だよって。

あの時のアマミン、真っ赤になっちゃって可愛いかったなあ。私も恋したくなっちゃう！

それでやっとアマミンは『じかく』したみたいなんだけど、たぶんハレくんはまだ『むじかく』。

女のカンで、たぶんハレくんはチョロそうに見えて、けっこう落とすのには大変な男の子な気がするんだよね……。

なんとなく、自分の気持ちに鈍そう。カンだけど！

早くふたりがくっついてハッピーになると嬉しいな。

どっちも大好きなお友達だもん！

そのためのちょっとしたお手伝いで、ハレくんにアマミンを家まで送るよう約束させたよ。雷架ちゃんは恋のキューピッドだから、このくらいお手のものなのだ。

アマミンにも小声で「上手くやるんだよっ」って囁いたから、今頃なにか進展しているといいなあ……。

例えば猛スピードで走るバイクが水をバッシャン！　ってさせて、ハレくんがアマミンを庇ってずぶ濡れになって、アマミンのお宅で着替えることになるドキドキイベントとか！　ベタだけどいいよね！

公園から近い団地に帰った私は、綺麗にプリントした風景写真が壁にベタベタ貼られたお部屋で、クッションに凭れながらそんな妄想をしていた。

なんてね！

さすがにそんな展開はないと思うけど、あったら面白いよね！

「それにしても、見れば見るほどいい写真だなあ……」

ピカリさんを手に取って、アマミンを撮った写真を眺める。

雨空と紫陽花。赤い傘と振り返るアマミン。

構図も「私天才！」って感じだけど、アマミンの表情がやっぱり最高。

これまでは自然ばかりだったけど、人物写真にも目覚めそう。アマミンみたいな『可愛い』人をもっと撮りたいな。

アマミンのことだってまだまだ撮りたい！

……これは誰にも言ったことないけど、私はおじいちゃんみたいなプロのカメラマンになりたいんだ。

周りの多くの人たちが勧めてくるような、スポーツの道も嫌ではないんだけど、この夢は譲れない。

上手に人を撮れるようになったら、将来の夢に近づけるかな？

私の夢の話、いつかハレくんとアマミンには打ち明けてみたいかも。

「でもまずは、コンテストで勝たなきゃね！」

写真のタイトルはどうしよう？

けっこうコンテストとかだと、タイトルも大事なんだって。審査員さんはそういうところもコウリョするって、おじいちゃんがアドバイスしてくれたんだ。
私はクッションを枕にして、床にゴロゴロと転がって考える。
捻ったやつは私には無理だし、ここは直球ストレートが私らしいかな？
「――よし、決めた！」
タイトルは『雨と恋する女の子』。
これ以上ないくらいピッタリでしょ？

# 第五章　雨宮さんは変わりたい

　訪れた雨宮さんの家は、オンボロ……いや、廃屋……ホラーハウス……ホーン●ッドマンション……ち、違う！

　そう、非常に歴史のありそうな、古い二階建ての木造一軒家だった。今にも剥がれそうな屋根に、朽ちかけの柱がエキゾチックだ。

「ど、どうぞ上がって、晴間くん。年季の入っている借家だけど……」

「い、いや、趣があっていいと思うよ。お邪魔します」

「あっ！　そこ！　床が一回抜けたことあるから気を付けて！」

「あ、はい」

　ギシギシ鳴る床をおそるおそる踏みつけて、靴を脱いで上がらせてもらう。

　入ってすぐ左正面に階段があって、右手が居間や台所。奥には風呂やトイレがあるといった間取りかな。

　雨宮さんは「ちょっと待っていてね」と奥の方に消えていき、俺は大人しく玄関で待つ。

彼女はすぐにペラペラのバスタオルを持って戻ってきた。

「このタオルで濡れたところを先に拭いてください。それからお着替えのために、二階の部屋まで案内するね」

……部屋って、雨宮さんの部屋だろうか。

雨宮さんは純粋に心配してくれているというのに、そこが気になって仕方ない俺は、無論女子の部屋になど入ったことはない。

いやでも、前にきょうだいがいると話していたし案外そっちの……？

「今日この家にご家族はいないのか？　長女ってことは、弟か妹がいるんだよな？」

「うん。うちは五人きょうだいだよ」

「五人!?」

そんなにいるの？　予想より多いな！

「下に中学生の弟がひとり、小学生の双子の妹たち、幼稚園に通う末っ子の弟がいるの。今は、えっと、上の弟は部活の合宿でいないけど、双子は末っ子と遊びに出ていてそろそろ帰ってくると思う」

「雨宮さんちは賑やかそうだな……ご両親は？」

「うちは母子家庭で、お母さんはバリバリのキャリアウーマンっていうのかな。仕事が忙しいから、夜までいないよ」

じゃあ家のことは、もしやすべて雨宮さんの担当だったりするのだろうか。大変ではないかと危惧して聞けば、ごきょうだいで家事は手分けしてやっているそうだ。

ただ料理は基本、雨宮さんの担当だとか。

「それなら前に屋上で見た、あの弁当は完全に雨宮さん作か。俺も料理はたまにするけど、見た目も綺麗で美味しそうだったから、すげえなって」

「別にそんな……！　た、たいしたことないよ！」

磨けば光り輝く美少女で、内面は天使な上に、家庭的な面も兼ね備えているとは……死角なしか？

「……雨宮さんはいいお嫁さんになりそうだよな」

「お、お嫁さんっ!?」

やべっ、考えていたことがそのまま口に出ていた。

雨宮さんはオロオロしながら「よ、よよよ嫁って、それはつまり、は、晴間くんの……なんでもないです！」と早口で呟き、バッと身を翻してしまう。

「わ、わわわわ私は先に二階へ行っているね！　晴間くんも拭き終わったら来てください！」

そう言い残し、俺の返事も聞かずバタバタ階段を上がっていった雨宮さん。

マズイ……お嫁さんとか引かれただろうか。

今時古くさかった？　親父くさかった？

俺は後悔しつつも猛省し、丁寧にタオルを畳むと、急いで雨宮さんの後を追う。

二階には三部屋あって、一番奥が雨宮さんの部屋のようだ。

ドアに傘の形のプレートが下げられており、『しずく』と平仮名で名前が書かれているのが、ほんわかとしていて可愛らしい。

「晴間くん、こっちだよ」

そのドアから雨宮さんがひょこっと顔を出し、ちょいちょい手招きしている。

室内はパイプベッドに、学習机と本棚。古めかしい箪笥などが置かれており、ハンガーで干した見慣れたブレザーの制服が、箪笥の取っ手に引っ掛けてあった。

あと天井にはでかでかと、いつぞや雑誌の付録用に作ったhikariのポスターが……黒を基調とした大人コーデに身を包んだ俺が、挑発的に微笑んでいる。珍しくパンツスタイルの時のやつ。

よく見れば本棚の一番上も、俺の載った雑誌ばかりだ。

机に飾ってあるのもあれ、応募者全員サービスの俺のアクリルスタンドじゃね？

「こ、こんな散らかっている上に、hikariさんマニアな部屋でごめんね……っ！」

「ちょっと驚いたけど……綺麗に片付いているし、hikariとしては光栄だよ」

それはさておき、ここは雨宮さんの生活している空間なんだなあと実感して、俺はにわかに緊張してきた。

いかん平常心だ、平常心。

さっきも失言したのだから、もう失敗は許されない。

こういう時は素数を数えて冷静さを保つに限る。

「ふ、服はこれを着てください。濡れた服はこっちのカゴに入れてね。あっ、なにか飲み物も持ってくるね！」

いつの間にか用意した着替え一式や洗濯カゴを、雨宮さんはテキパキと俺に渡すと、また一階へと駆け下りていった。

なんか学校にいる時より生き生きしている？

家というリラックスできる空間だからか、雨宮さんの元来のしっかり者さが発揮されていて、新鮮で可愛い。

「今のうちにさっさと着替えるか」

雨宮さんのセンスがアレなので心配だったが、渡された弟くんの服は普通の白シャツにジーパンだった。よかった、前衛的な服じゃなくて本当に。

「……ん？」

自分のポスターに見下ろされながら、滞りなく着替えを終えたところで、俺は背筋に悪寒のようなものを感じた。

これは何者かに見られている。

「き、君たちは……？」

振り向けば女の子がふたり、団子のように折り重なって、俺をじっとドアの隙間から凝視していた。

座敷童かとビビったが、このふたりは十中八九あれだ。

雨宮さんの双子の妹たちだ！

「——私は雨宮霞」

「——私は雨宮澪」

揃って自己紹介する双子は、お揃いのデニムのショートパンツに青いパーカースタイル。

顔立ちは気の強いリトル雨宮さんといった感じだ。一卵性なのかそっくりだが、髪型と黒子《ほくろ》の位置が違う。

ツインテールで泣き黒子があるのが霞。

ポニーテールでツヤ黒子があるのが澪。

これでかろうじて見分けられる。

「おにいさんは？　雫姉の連れ？」

「お名前は？」

交互に尋ねる様は双子らしい連携である。

霞ちゃんも澪ちゃんも警戒心ビンビンで、部屋に入らず俺に近付こうともしない。不審者として扱われているようで地味に心にくる。

一階に下りた雨宮さんとはすれ違いになったのか、俺が何者でどうしてここにいるのか、なにも知らされていないみたいだ。

「あー……っと、俺は君たちのお姉さんの高校の友達で、晴間光輝って言うんだ。所用があってお姉さんと一緒に出掛けていたんだけど、いろいろあって成り行きでお邪魔しているところだな」

だから怪しい者じゃありませんよとアピールするも、双子はコソコソとなにやら話し合う。

「ねえ、澪。晴間って……」

「うん。あの晴間だと思うよ、霞」

いや、どの晴間？

不穏な話し合いの末、ようやく彼女たちは部屋に一歩踏み込んだ。

小学校五、六年生くらいだとは思うのだが、近くで見るとさすが雨宮さん似なだけあって、将来有望そうな美少女双子だ。

ただその態度は、俺に対して傲慢不遜《ごうがんふそん》。

まるで値踏みするように、立ち竦《すく》む俺をじろじろ見回してくる。

「ふぅん、第一印象は四十二点かな。雫姉が『カッコよくて優しくてあと可愛い』なんてベタ褒めするから、どんな男かと思ったら普通じゃん。普通に地味。澪は？」

「澪的には基準点より下、三十五点。この人が本当に、雫姉の大好きな『晴間くん』なの？　偽物じゃない？」

「カッコイイところあるのかな？　可愛いってどこが？」

「優しいだけじゃ将来性も期待できない」

「甲斐性もなさそう」

「存在感も薄い」

小学生とは思えない辛辣な評価の数々に、俺はグサグサ滅多刺しにされる。

合コンとかで女性陣が交わす、男性陣へのぶっちゃけトークって感じだ。いや合コンなんて行ったことないが。

　雨宮さんが俺を褒めてくれていた気もするが、そこを喜ぶ隙もない。

　昨今の小学生女子ってこんな怖いのか？　これなら合法ロリ妖怪なココロさんの方がまだ人間味があるぞ。

　なにより俺、敵視されている……？

「あ、あのさ、俺は君たちと初対面のはずだよな？　なんか君たちに嫌われるようなことしたか？」

「ふむ、性格は悪くなさそう。でも私たちが子供だからって舐めているのかも」

「こういう無害そうな奴が、案外パチンコや競馬にハマって借金するって、マナちゃんも言っていたよ。だからタカシくんと別れたって」

「タカシくん、隣のクラスのシズカちゃんにも手を出していたもんね」

　タカシお前……。

　止めろ、小学生のドロドロした恋愛事情をこれ以上聞かせないでくれ。

「そんなわけで、プラス五点してやっぱりマイナス八点」

「澪もプラス八点してマイナス十点」

「どっちも結局マイナスじゃねえか！」

堪らずツッコむも、双子は体を寄せ合ってまたコソコソ話をする。

「でもね、澪。大事なのは雫姉にとって害を及ぼすかどうかだから」

「そうだね、霞。シスコンな零がいない間に、私たちが見極めなきゃ」

丸聞こえな内容から察するに、俺が雨宮さんの友人としてふさわしいかどうか、双子によって審査をされている真っ最中らしい。

つまり霞ちゃんも澪ちゃんも、お姉さんである雨宮さんを想ってのこと。

そういうことならば受けて立とう。

「安心してくれ、俺は雨宮さんに害なんて及ぼさないぞ。逆に及ぼす奴を排除する心構えだ！」

「ふーん……今の言葉が本当ならプラス三十点だけど、じゃあテストね」

「ズバリ、雫姉のことはどう思っている？」

「可愛い。マジ可愛い。この世で一番可愛いとお世辞抜きに言えるほど可愛い」

「雫姉のいいところ言える？」

「最低十個ね」

「そんな少なくていいのか？　まず心が清らかだし、他人への気遣いが女神だし、可愛いし、頑張り屋だし、真面目だし、可愛いし……」

「雫姉の好物は知っている？」

「これくらいは知っていて欲しいよね」

「余裕だろ、どら焼き！」

質問攻めにあいながらも、俺も一歩も退かずに答えていけば、どうにか俺への点数評価はふたりとも六十点台まで跳ね上がった。

それでも厳しい。なんだこの厳しさ。

「ふんっ！　意外とやるじゃん、おにいさん」

「じゃあ次は……」

双子がまだまだ続けようとしたところで、中途半端に開いていたドアが思い切り開け放たれる。

満を持して戻ってきた雨宮さんだ。

「こら！　霞も澪もなにしているの！」

可愛らしく怒る彼女は、手にお盆を携えている。その上には俺のためのおもてなしセットだろう、グラスに入った麦茶に、袋入りのお煎餅があった。

その実家のお母さんみたいなセットに、素朴な雨宮さんらしさを感じて和む。

「かすみねぇちゃ、みおねぇちゃ……だあれ？」

また雨宮さんの後ろには、五歳くらいの小さな男の子もいた。ふっくらした輪郭に、ぷにぷにな頬。ビー玉のような瞳はこちらを好奇心満々に見つめている。

末っ子くんかな？

手を振ると振り返してくれて、双子に比べて素直なよい子だ。

その双子といえば、姉の登場にツインテールとポニーテールを跳ねさせ、ギクリと体を強ばらせている。

「ふたりとも……なにか晴間くんに失礼なことしてないよね？」

「し、してないし！　ちょっと噂の晴間くんを試しただけだもん！　またろくでもない男に、雫姉が傷つけられたらイヤだから……」

「零兄も絶対こうするし！　雫姉はお人好しだから、私たちが守らなきゃいけないんだもん……」

陸《おか》へ上がった河童の如く、雨宮さんの前では急にしおらしくなる双子。姉には勝てないようだ。こうしていると小生意気な彼女たちも、多少の愛嬌がないこともない。

しかし、『また』ろくでもない男とは……？

雨宮さんの過去をほのめかす存在に、俺は自然と眉が寄る。

俺の方をチラチラ気にしながらも、雨宮さんは「いいから霞も澪も部屋から出て！　霰と一階に行って！」と双子を追い立てる。

「ダメだよ、まだ六十九点の奴と雫姉をふたりきりにはできないよ！」

「そうだよ、こんな六十三点の奴と！」

双子にそれぞれ指差しつきで罵られるが、これでも点数は上がった方だ。平均が何点か気になるところである。

「晴間くんに失礼なこと言っちゃダメ！　いいから出るの！」

そう雨宮さんにダメ押しされ、ようやく双子はしぶしぶドアに向かった。霰くんは「めっ！　めっ！」と雨宮さんの真似をしていて、スクスク純朴に育った感じが窺える。

反してひねくれ双子は、俺をキッと睨むことを忘れない。

「私たち、見張っているからね。なにかあったら報復するから」

「私たちの報復は怖いんだから」

不穏な捨て台詞と共に、双子と霰くんはいったん部屋から退散した。

雨宮さんが「ご、ごめんね、晴間くん……妹たちが失礼なことばかり……」と謝りながら、ラグの上にお盆を置く。俺たちも向かい合わせでラグに座った。

「いいよ、小学生の言うことだし気にしてないから。報復っていうのもたいしたことないだろうし」

「で、でもあの子たち、ここらの小学校の全学年をシメていて、他校の子からも『第一小の女番長』と『第一小の女皇帝』って呼ばれているくらいなの……。とんでもない報復をしそうで……」

「なにそれ怖い」

雨宮さんシスターズやべぇな。

どっちが女番長でどっちが女皇帝なんだろう。

「もしかして、もうひとりの弟くんもそんな感じか……？」

「零くんは私に過保護っていうか、心配性っていうか……私が頼りないのがいけないんだけど……」

「弟もヤバそうだな……」

雨宮さんのごきょうだいは、みんな雨宮さん過激派らしい。お姉ちゃんのことが大好きなんだな。

それは雨宮さんが家族を大切にしているからだろう。

「だ、大丈夫！　晴間くんはいい人だって、もっとみんなに言い聞かせておくよ！　お母さんにも、顔を合わせた時のために伝えておくから！」

「……それって、俺は今後も雨宮さんちに来てもいいのか？」

「えっ!? あ、う、うん。晴間くんさえよければ……」

照れたように俯く雨宮さんは可愛いが、そうかまた来てもいいのかと俺も照れてしまい、揃って口を閉ざす。

のし掛かる静寂が気まずい。

ここは雨宮さんの家で、今は彼女の部屋でふたりきり。

俺は誓って無害な女装男子だが、そりゃ女番長と女皇帝も警戒するわけだ。

「そ、そうだ! hikariの雑誌コレクションを見てもいいか? けっこう懐かしいのもあるからさ」

「ど、どうぞ! 全部集めきれてはいないんだけど……」

俺は沈黙に耐え兼ねて、立ち上がって本棚に歩み寄った。本当にデビュー当時のものもあって純粋に見たくなったのと、これが会話の取っ掛かりになれば、と。

だが情けなくも焦った俺は、棚から雑誌を抜いた拍子に、その隣の分厚い冊子を床に落としてしまった。

「わ、悪い! これはアルバムか?」

「あ……それは、中学時代の卒業アルバムで……」

「中学の……」

生徒たちの集合写真のページが落下時に開いており、俺は我ながら驚異の探索力で、生徒の中から一瞬で雨宮さんを見つけてしまう。

セーラー服姿の雨宮さん、ＳＳＳＳＳレアだ。

今よりちょっと幼い感じがめっちゃ可愛い。

長い前髪や、猫背がちに下を向いているところは今と同じ。

だけど……。

「この頃の雨宮さんは、眼鏡は掛けていないんだな」

俺の呟きに、雨宮さんは小さく首肯する。

「当時は、その……前髪は顔を隠すためっていうか、切る暇がなくて伸ばしていただけなの。あの分厚い眼鏡を掛けるようになった理由は……」

「……なにかきっかけがあったのか？」

「え、えっと」

先を語るか語らないか、迷いを見せる雨宮さん。

俺は急かすことはせず、黙ってアルバムを拾うと棚に戻す。hikariの雑誌コレクションを見ることは諦め、雨宮さんの前に座り直し、言葉の続きを待った。

おそらく……先ほど双子の口から出てきた『ろくでもない男子』とやらが、『きっかけ』

であり『諸悪の根源』なのではないだろうか。

ほぼほぼ、そう確信している。

しばらくして決心がついたようで、雨宮さんは真っ直ぐ俺を見据えてきた。

「暗い話になっちゃうけど……晴間くんは聞いてくれる？」

「雨宮さんが話したいなら、俺はなんでも聞くぞ」

「じゃ、じゃあ、どこから話せばいいのかな？　実は私、中学の終わりの頃にいきなり、他校の男の子に告白されたことがあって」

「——は」

語り開始のスタート地点で、俺は早々に衝撃を食らう。目と口をポカンと開き、思わずハニワのような顔になった。

い、いやいやいや、落ち着け。

こんな可愛い女の子なんだ、その隠れた魅力に気付いて告白してくる男子のひとりやふたりや三十人、いてもおかしくはないはずだ。三十人でも少ないくらいだ。

むしろ喜ばしいことじゃないか。

そもそもなんでここまで、俺は衝撃を受けているのか……。

「は、晴間くん？　大丈夫？」

「……おう、邪念を打ち払って心頭滅却したから大丈夫だ。続けてくれ」

「う、うん……その人はね、たまたま通学路が一緒なだけで、告白されるまで話したこともない相手だったの。だけど、なんか風で前髪が乱れた時に、私の顔がよく見えたとか言って……」

ソイツは笑顔を浮かべながら『根暗そうだと思っていたけど、けっこう可愛い顔でタイプだなって。どうせ彼氏もいないだろうし、俺が付き合ってやるよ』などと、雨宮さんに迫ったらしい。

「なんだソイツ」

てっきり雨宮さんの魅力に気付いた見る目ある奴かと思えば、とんだ失礼なクソ野郎じゃないか。

特徴を聞けば、どうやら雰囲気イケメンな優男のようだが……断言できる。

同じイケメンなら、絶対に御影の方が上だ。

御影は外見だけでなく、腹立つが内面もできたイイ奴だし、そんな勘違いの似非《エセ》イケメン野郎など足元にも及ばないだろう。

真のイケメンは、雨宮さんに傲慢なマウント告白などするものか。

「周りにはその人のお友達も何人かいて、みんな制服とか着崩した人たちで、『おーい、今度はその地味子ちゃんにするの？』とか『趣味変わった？』とか笑っていて、囃し立てられて……すごく怖くて……」

当時を思い出しているのだろう、膝上に置かれた雨宮さんの手が小刻みに震えている。

突然赤の他人に上から目線で告白されて、ソイツの取り巻きだろう連中にまで囲まれたら、誰だって怖いに決まっている。

俺は怒りを抑えて、努めて冷静に尋ねた。

「それで、雨宮さんはどうしたんだ？」

「怖かったけど、なんとか『あなたとは付き合えません』って断ったの。そうしたら相手はとっても怒って、いろいろ捲し立てられたんだけど、最後に『誰がお前なんか相手にするかよ、調子に乗んなブス！』って吐き捨てられて……」

「あぁん？」

自分でもこんな低音出せたんだと驚くほど、恐ろしく低い声が出た。hikariが出そうものなら、イメージ崩壊確実なドスの効き方だった。

ピャッ！　と、雨宮さんが肩を強張らせる。

「ち、違うぞ！　君を脅かすつもりはなかったんだ！」

言い訳しながらも、「手始めにソイツに関する情報はすべて教えてくれ」と頼む。なんのためかって、報復のためだ。

たぶん俺が動かずとも、『私たちの報復は怖い』と自ら宣言した雨宮双子とシスコンな弟くんが、すでに手を打ってはいるだろう。雨宮さん本人に知られず、えげつない報復を終えていそうだ。

しかし雨宮さんにそんな暴言、到底許せるはずがない。

上級天使な雨宮さんは、「晴間くんはそんなことしなくていいよ！」なんてきっと止めることも予想できる。

よく小説や映画では、『復讐で得るものはなにもない』とかも言うよな。

しかし、そんなこと総じて知らん。

俺は俺の私怨百パーセントでソイツを許しておけん。

「晴間くんはそんなことしなくていいよ！」

過去一怒りを滾らせている俺を、雨宮さんは予想通りの台詞で宥めようとする。

「私も悪かったんだよ。告白を断ったせいで、私がその人に恥をかかせちゃったから……も、もっと上手い断り方があったかもしれないし……」

雨宮さんは話しているうちに、どんどん縮こまっていってしまう。

まあ、報復うんぬんは後回しだ。

「こ、これだけ、たったこれだけのことなの。でもこのことで、周囲の目が全部怖くなって……顔を隠すために眼鏡を買って、ますます俯いて生きるようになったの。気にしなければいいってわかっているのに、ずっと自分が情けなくて……」

雨宮さんの長い前髪から覗く瞳が、潤んで透明な膜を張っている。今にもポロリと雫がこぼれ落ちてしまいそうだ。

俺はそんな彼女を落ち着かせようと、ゆっくり語りかける。

「聞いてくれ、雨宮さん。こんなことくらいで傷ついて……とか、卑下しなくていいんだ。自分に悪いところをわざわざ探さなくてもいい。雨宮さんはこれっぽっちも悪くない」

「晴間くん……」

「辛かった過去を乗り越えようと、無理も止めよう。ただささ、雨宮さんがこれからどうしたいかだけ考えないか」

「私がどうしたいか……?」

努めて明るく、俺は「おう」と頷く。

「俺はその望みにいくらでも手を貸すよ。雨宮さんに無体を働いた奴らに報復したいって言うなら、全力でするし」

「そ、それはいいって！　もう、晴間くんったら」

本気八割だったのだが、雨宮さんはちょっとだけ涙を引っ込めて笑ってくれた。

その表情は美の女神もかくや。

やっぱり雨宮さんは笑顔が一番可愛い。

「でさ、雨宮さんはどうしたい？」

「わ、私は……」

もともとの控え目な性格に、我慢しがちな長女気質。

加えて過去のトラウマから、自信を失くしている彼女が『どうしたいか』なんて自ら意思表示をするのは、けっこう難しいことだと思う。

そう簡単にきっと、口にできることではない。

でも俺はだからこそ、雨宮さんの意思をここでハッキリ聞いてみたかった。

フルッと、雨宮さんの長くて密度も濃い睫毛が震える。


「私は――変わりたい」


強い意志が宿る、静かな声と眼差し。

握った拳に力が込められる。

「もう、見えないものに怯えたくない。しっかり顔を上げて歩きたい。過去も怖がりたくないの。……晴間くんの隣に、自信を持って立てる私になりたい」

「俺の隣……？」

憧れのhikariのように、ということだろうか。まさかここで俺の名前が出てくるとは思わず、それも相まって心臓が鷲掴みにされた。

ドクドクと、熱い血潮が体内を巡る。

オマケに「晴間くんは、こんな私でも応援してくれる……？」と、おずおず聞いてくるので、つい「もちろんだ！」と前のめりになる。

「全面的に応援する！　雨宮さんはこの元世界一可愛いhikariが認めた女の子なんだから、いくらだって生まれ変われる！　まだ何倍も可愛くなれる！　俺の代わりに世界どころか宇宙も獲れる！　目指せ、名実共にミスユニバース！　君のためなら俺は……」

「あ、あの、晴間くん！　ちょっと近い、かも……」

「ん？」

変わりたいと宣言した時と、反転して蚊の鳴くような弱々しい声。

そこで俺は、興奮して雨宮さんに迫り過ぎ、体がくっつくほど距離を縮めていることに気付いた。

雨宮さんの桜色の唇がすぐそこにある。

あと数センチ近付けば、触れ合えてしまう危うさだ。

だけど俺も雨宮さんも、自覚したその至近距離に、お互い顔を赤らめて硬直してしまっている。

一ミリも動けない。

下手に動いたら、本当に雨宮さんとキ……おいおい、童貞に言わすなこんなこと！

「晴間くん、私ね……」

先に金縛りが解かれたのは雨宮さんだった。

だが彼女はそのままの近さで、俺に何事かを囁こうとしていた。

不揃いだが艶のある黒髪が、肩口からサラリと流れ、その白い首筋が露になる。重なる互いの心拍数が、最高潮に達した瞬間だった。

ピーヒョロロロロと、間抜けな音が高らかに鳴り響く。

「な、なんだ、敵襲か!?」

ドアが乱暴に開いたかと思えば、ホイッスル代わりのリコーダーに口を当てた霞ちゃんと、即席で作ったレッドカード（あれだ、英単語とかを覚える時に赤字を消せる赤シートだ）を掲げた澪ちゃんが、般若の形相で仁王立ちしていた。

「距離近すぎ！　雫姉にセクハラしすぎ！　マイナス百点！」

「でも雫姉の気持ちをちゃんと考えていることはわかった！　悔しいけどプラス百点！」

「あとはなんやかんや」

「総合して」

「「とりあえず０点！」」

最後は０点かよ！

という俺の心のツッコミも虚しく、双子は俺にキシャー！　と荒ぶる猫のように飛びかかってきた。

頭に尖った猫耳の幻が見える。

そもそもコイツら、俺と雨宮さんのやり取りを盗み聞きしていたな!?

「あんたが雫姉を変えてみせるって言うなら！　応援してやらないでもないけど！」

「思っていた以上にいい感じなのが腹立つのー！　このこの、このモヤシ野郎！」

「うわっ、リコーダーをピーピー耳元で鳴らすのは止めろ！　うるさいし不快だ！　コラ、その赤いシートを頬っぺたにくっつけるな！　こっちも不快だ！　あと俺は別にモヤシじゃねえ！」

女装に適した体型と言ってくれ！

双子にもみくちゃにされながら、地味な嫌がらせを受け続ける。

そんな俺たちを見て、雨宮さんは「いつの間にか仲良くなったんだね、よかった」と胸を撫で下ろしているようだった。

どこからどう見ても仲良くはないが……。

うん、ちょっと天然な雨宮さんも可愛いからオーケー！

「デレデレするなー！」

「するなー！」

「うわ、止めろって！」

それからしばらく双子たちと格闘して、解放される頃には俺はヨレヨレだった。

ひどい目にあったぜ……。

「霞と澪があんなにじゃれつくなんて……ふたりとも家族以外には当たり強いから、なかなか初対面の人には懐かないのに。さすが晴間くんだね」

「あれは懐かれたのか……？」

雨宮さんの部屋から移動した畳敷きの居間で、大きめのちゃぶ台を前に、正座して首を捻る。

雨宮さんは「ちょっと待っていてね」と、一言残して台所に消えた。

双子から解放された後、俺はもうお暇《いとま》しようとしたのだが、部屋を出るタイミングで、空気を読まない腹がグウウウと盛大に鳴ってしまった。よく考えたら昼食がまだなのだ。

そこで気を遣った雨宮さんが「お、お昼、よかったら食べていく？」と誘ってくれ、お言葉に甘えてしまったわけである。

「昨晩の残りで申し訳ないいんだけど……」

そう言って、台所から帰ってきた雨宮さんは、肉や野菜がゴロゴロ入ったカレーを出してくれた。懐かしの給食で見たやつに近い。

ちなみに双子と霰くんは、俺が来る前に昼食は済んでいるから、お代わりも遠慮なくどうぞとのこと。今、その三人は二階の霰くんの部屋かな。彼のお昼寝タイムらしく、双子が寝かしつけをしている。

また双子にキレられる前に、さっさとカレーを頂いて撤退しないと。

そう思うのだが……。

「晴間くん、どうかな？　美味しい？」

隣にちょこんと正座して、控え目に聞いてくる雨宮さんがエプロン姿なのだ。エプロン姿！

カレーをよそうだけでも飛ばないようにと、身につけたそれは青いチェック柄のシンプルなもので、たぶん双子が家庭科の授業とかで作ったっぽい。板についている感じがとんでもなく可愛くて、正直カレーを味わう心の余裕がない。

それでも米粒ひとつ残さず平らげ、「美味しかったよ」と伝えれば、「えへへ」とはにかむ雨宮さんがヤバかった。

いろんな意味でお腹いっぱいになった後、俺はようやく玄関へと向かった。靴を履き終えて、上がり框《かまち》に立つ雨宮さんに見送られる。

まだエプロン姿の彼女相手にこれって、いよいよ新婚さんの「いってきます」「いってらっしゃい」の光景のようで……いやいや、こんな妄想をしていると知られたら、今度こそ引かれる嫌われる。

雨宮さんが「し、新婚さんみたい……」と、同じく呟いていた気もするが、それさえも俺の妄想である恐れが強いだろう。

「じゃあ、また明日学校でな」

玄関扉に手を添えつつ、片手を挙げる。

結局、弟くんの服はこのまま借りて、後日洗って返すことにした。

「うん、明日ね」

にこやかに返す雨宮さんは、今までの彼女より心なしかハキハキしているというか、吹っ切れたような雰囲気があった。

過去を打ち明けたことで、気持ちが軽くなったのか。

そういえば……双子の襲撃を受ける直前、彼女がなにを言おうとしたのかはわからず仕舞いだ。エプロンショックで記憶から飛びかけていた。

今さら聞き返すのも難しいし、まあいいかと内々で収めておく。

「よいしょっと」

傾いているボロい引き戸を、破壊しないように慎重に開ける。

しかし、雨宮さんは言い忘れたことがあったのか「あっ、あとね、晴間くん！」と俺を呼び止めた。

「私ね、ちゃんと変わってみせるから」

「ん？　おう、応援しているな！」

「明日から……ううん、今この時から、ちゃんと実行する！　お、恐れ多いけど、hikariさんに近付ける『可愛い女の子』になってみせるから！」

もうすでにhikariを超えているんだけどなあ……と、hikari本人としては思うのだが、余計なことは言わず「雨宮さんなら大丈夫だ！」とグーサインを作った。

「だ、だからね」

「ん？」

口をもごもごさせる雨宮さんの声が、どうにも聞き取り辛く、俺はユーターンして彼女に近付いた。框の段差の分で、俺と雨宮さんの身長はほぼ同じ。それでも若干俺が高いくらいか。

彼女は内緒話でもするように、俺の耳元に唇を寄せた。

頬に雨宮さんの髪が触れてこそばゆい。

「私が可愛くなれるまで、どうか晴間くんはよそ見しないで——私だけを、見ていてください」

こそっと囁かれた『お願い』に、俺は目を丸くする。

そんなこと念押ししなくとも、俺は夕暮れの教室で胸を撃ち抜かれた日から、ずっと雨宮さんしか見えていないのに。

「よ、呼び止めてごめんね！　気を付けて帰ってね」

「お、おう」

ぎこちなく体を離す雨宮さんに、俺もぎこちなく頷く。

開いた俺たちの間がスウスウして、このまま帰るのはほんの少しだけ惜しい気がした。

「あー！」

「あー！」

ムードをぶっ壊すように、つんざくユニゾン。

雨宮さんの後ろから、ツインテール＆ポニーテールを靡かせて、双子がバタバタと慌ただしく駆けてくる。お昼寝から起きてしまったのか、一歩遅れて霰くんもいた。

「ちょっと！　私たちに黙ってもう帰るつもり？」

「来てからそんなに時間経ってないのに？」

「お昼を食べたなら、夕飯もうちで食べていけばよくない？」

「雫姉のご飯は美味しかったでしょ？」

「かえりゅー？」

双子は雨宮さんの背にサッと隠れて、右から霞ちゃん、左から澪ちゃんが顔を出し、矢継ぎ早に投げかけてくる。

霰くんもぴょんぴょん飛び跳ねていて、雨宮家の賑やかさがよくわかる光景だ。

そんな妹たちと弟を、雨宮さんはやんわり窘める。

「お夕飯もなんて、無理を言っちゃダメだよ。晴間くんは急遽うちに来ることになっただけなんだから」

「それもそうだけど……今度はいつ来るわけ？　ハレ兄」

「まだ合格点取ってないんだから、もちろん取りに来るよね？　ハレ兄」

「はれにぃちゃっ！　またくりゅっ！」

……驚いた。

俺はマジのマジで懐かれたらしい。

意外な呼ばれ方は照れ臭く、「まあ……また機会があればお伺いするよ」と頬をかく。

気高い二匹の猫のような双子は、キラッと目を輝かせた。

「さっさと来てよ！　私たちより絶対厳しい、零の審査も待っているんだから！」

「ハレ兄じゃ絶対クリアできないだろうけど、私たちが多少は応援してあげなくもないいんだからね！」

「わかった、わかった」

素直ではない双子に苦笑していると、霰くんが「かすみねぇちゃ、みおねぇちゃ、ちゅんでれなの」と笑う。いやいや霰くん、なんでその歳で『ツンデレ』なんて言葉を知っているんだ将来が怖いぞ。

ふふっと微笑ましそうにしている雨宮さんに、俺は力なく手を振って、ようやく彼女の家を後にしたのだった。

§

「ハレくんだ！　おっはよー！」

「おう、はよ」

雷架の撮影に付き合い、雨宮さん宅にもお邪魔した怒涛の日曜日から、翌日。

週の始まりの朝。

いつも通りに登校して教室のドアを開ければ、いの一番に俺に挨拶してきたのは雷架だった。

クラスメイトの何人かは「ハレくん……だと……」と、雷架の親しげな態度に戦慄していたが、もう無視する方向にしたんで。

雷架は稲妻マークの髪留めを光らせて、ニコニコと俺の席までやってくる。

「あのねあのね！　アマミンの写真をおじいちゃんにも見せたら、すっごーく褒められたよ！　よく撮れているから、これなら賞も間違いなしだって」

「へえ、よかったな」

「うん！　あ、ハレくんも写真欲しいんだっけ？　アマミンにOKしてもらってから、プリントして渡すね！」

「ぜひよろしくお願い致します」

ここは深々と雷架に頭を下げる。

雨宮さんの初めてのモデル写真だ。とりあえず飾ろう、額縁とかに。

「そっちはあの後どうなったの？　ちゃんとアマミンをおうちまで送った？」

「あー……まあ」

訪問までしたことは黙っておく。雷架がうるさくなる予感しかしない。

「アマミンにもどうだったか聞かないと！　絶対もう来ていると思ったのに、まだ登校してないいんだけどね！」

雷架に言われて、俺は雨宮さんの席を確認する。いつも早い雨宮さんにしては、バッグも横に掛かっておらず空席だ。

むしろ遅刻常習犯の雷架が、こんな早くに教室にいることが異常である。

それを言うと、雷架には「早くおじいちゃんに褒められたことを、ハレくんとアマミンに伝えたかったんだよん」とウィンクされた。しかし、下手すぎてほぼ半目だった。

相変わらずの残念美少女っぷりだ。

そういえば雨宮さんは、ツルの壊れた眼鏡はどうしたんだろう。

『変わりたい』とは言っていても、さすがにいきなり眼鏡なしで生活はキツイよな……？

あのトラウマを聞いたあとだと、なおさら思う。

他にも少しずつ変えていくところなんていくらでもあるし。

予備の眼鏡とかで来るんだろうか。

「おい、光輝！　ビッグニュースだ、ニュース！」

うーんと俺が首を傾げていたら、やたらテンションの高い御影が転がるような勢いで登校してきた。

王子様フェイスは興奮で色めき立っている。

「なんだよ、御影。お前がそんなに騒ぐなんて珍しいな」

「それがな、とんでもない謎の美少女が現れたんだよ！」

「謎の美少女？」

「見た奴はみんなザワついているし、俺も校門のところで見かけたんだが相当なレベルだぞ！　hikari に匹敵する可愛さじゃないかって、すでに噂が広がり出していてさ」

「はあ？」

俺は眉をぐっと寄せた。

なんだそれ、転校生だろうか？

『hikari に匹敵する』だなんて、御影が盛っているんじゃないだろうな。

「それってヒバリンとか、ガッキー先輩じゃないの？」

雷架も不思議そうにしている。

『ヒバリン』は一年のクール系毒舌美少女の雲雀《ひばり》鏡花《きょうか》、『ガッキー先輩』は三年の清楚系おしとやか美少女の嵐ケ丘《あらしがおか》小百合《さゆり》のことだろう。

三大美少女の残りふたりだ。

しかし御影は、あっさり「違うって」と否定する。

「本当に見たことない子なんだ。いや、若干見覚えはある気はするんだけど、とにかく謎の……」

御影の声を遮るように、そこで教室がザワッと揺れた。

そこかしこから「ちょ、ちょっと誰だよ、あの可愛い子？　あんな子、うちのクラスにいたか？」「初めて見るよね……モデルさんみたい」「うおっ、やべえめっちゃタイプ。マジで美少女」「でも誰だ？」と囁きが広がる。

俺はその謎の美少女とやらが入ってきたドアの方を見て、思い切り瞠目《どうもく》する。

「――晴間くん、おはよう」

そこにいたのは雨宮さんだった。

だが眼鏡は掛けておらず、前髪は例の雫形のピンでしっかり留めて、なぜか後ろ髪も短くなっている。短いといってもミディアムボブくらいだが、ガタガタで重たかった髪型より断然いい。

なにより背筋を伸ばし、俯きがちだった顔をしっかり上げている。

周りの喧騒にも怯むことなく、俺のもとに来てふんわり微笑む姿は……確実に人の領域を超えた可愛いさだった。

俺は震えながら、雨宮さんの髪と目元を指差す。

「あ、雨宮さん……その髪は……それに眼鏡……」

「こ、これね、零くんに頼んで切ってもらったの。あの子、手先が器用なんだ。もっと最初からお願いすればよかったなあって」

毛先をちょいちょいと引っ張る雨宮さんに、俺は歯痒さを覚える。

弟くんに切らせたのか！

じゃあ俺が切りたかった！

「善は急げと思って、自分を変えるきっかけに短くしてもらって……あと眼鏡は、もう必要ないから」

……歯痒い心の叫びは置いといて、俺はどうやら雨宮さんの覚悟を甘く見積もっていたらしい。

彼女は本当の本当に、『変わる』ことに本気だったのだ。

「えっ、雨宮さん？　雨宮さんって、雨宮さん!?」

「うわー！　アマミン、超可愛いよ！　やっぱり眼鏡ない方がイイね！　髪型も最高でステキ！」

動揺する御影に、きゃっきゃと雨宮さんに纏わりつく雷架。

周囲も俺たちの会話で、やっと『謎の美少女』の正体に気付いたらしく、「ええええええ!?」と驚愕の叫びがあちこちであがっている。

「ど、どうかな？　晴間くん……私」

コソッと尋ねてきた雨宮さんのその問いに、俺はどうありったけの『可愛い』を込めて返答するか、ぐるぐると頭を悩ませる。

それだけで、朝から一日のエネルギーを費やしそうだ。

ちなみに――雨宮さんが『三大美少女』に新規追加され、『四大美少女』として校内全体に知れ渡るようになるのは、この三日後のことだった。

やっぱり雨宮さんは、世界で一番可愛い。

# あとがき

はじめまして、作者の編乃肌《あみのはだ》と申します。
本書をお手に取って頂き、心よりお礼申し上げます！

本作は小説投稿サイト『小説家になろう』様にて、三年ほど前に連載を開始し、この度『第十回ネット小説大賞』にて、まさかの期間中受賞を頂きました。

ただでさえ応募していたことを忘れ、のほほんと生きていたところに、『期間中受賞』というパワーワードが躍るメールを頂き、本気で驚きました……。こんなマニアックな設定の物語、いったいどこの懐の深い出版社様が？　と。

担当様いわく、まずはタイトルにインパクトがあったとのことで、私自身もお気に入りだったので嬉しかったです！　このタイトルがすべてみたいなラブコメなので！

また普段の私の作品では、男性主人公がそもそも珍しいのですが、光輝はかなり自由なイメージで扱いが難しい奴でした。ですが雨宮さんと絡むことで、どっちも可愛いキャラになれていたらいいなあと思います。

世界で一番目と二番目に可愛いふたりを、よろしかったら今後とも応援してあげてください！　四大美少女の残りメンバーも、相当クセの強い子達なので、そちらもちゃんとお届け出来たら幸いです。

そして、ここでお礼を。イラストをご担当くださった桑島黎音《くわしまれいん》先生、本当にhikariが圧倒的美少女過ぎて……雨宮さんも拝むほど可愛かったです！　先生に手掛けて頂き本当に光栄でした。

またこの作品を、数ある素晴らしい応募作品の中から見つけ、磨き上げてくださった編集の方々にも感謝が尽きません。担当様にはなんでもかんでもご相談に乗って頂き、いつか菓子折り持っていきます。

受賞を一緒に喜んで、お祝いしてくれた友人、家族。三年前から応援してくれたサイトの読者様へ、ありったけの感謝を！

最後に、ここまでお読みくださった皆様、本当にありがとうございました！

またお会いできますように。

編乃肌

tokiwa.
小説版発売
おめでとうございます!!
コミカライズも
よろしくお願いします!

## ファンレター、作品のご感想をお待ちしています!

【宛先】
〒104-0041
東京都中央区新富1-3-7　ヨドコウビル
株式会社マイクロマガジン社
GCN文庫編集部

**編乃肌先生 係**
**桑島黎音先生 係**

## 【アンケートのお願い】

右の二次元バーコードまたは
URL（https://micromagazine.co.jp/me/）を
ご利用の上、本書に関するアンケートにご協力ください。
■スマートフォンにも対応しています（一部対応していない機種もあります）。
■サイトへのアクセス、登録・メール送信の際の通信費はご負担ください。

GCN文庫

# 世界《せかい》で一番《いちばん》『可愛《かわい》い』雨宮《あまみや》さん、二番目《にばんめ》は俺《おれ》。

2023年2月26日　初版発行

著者　編乃肌《あみのはだ》
イラスト　桑島黎音《くわしまれいいん》

発行人　子安喜美子

装丁　横尾清隆
DTP／校閲　株式会社鷗来堂

印刷所　株式会社エデュプレス

発行　株式会社マイクロマガジン社
〒104-0041　東京都中央区新富1-3-7　ヨドコウビル
［販売部］TEL 03-3206-1641／FAX 03-3551-1208
［編集部］TEL 03-3551-9563／FAX 03-3551-9565
https://micromagazine.co.jp/

ISBN978-4-86716-395-5 C0193